「天国よね〜」
「これ、やってみたかったんだ」

クリープ

キース

アデル

レーヴェ

サモナーさんが行くⅧ

「いつも通りにいこう」
イリーナ
トクロ
ヴォルフ

「スナイプ・シュート!!」
みーちゃん
風霊の村
サキ
フィーナ

「エルフのサモナーでヒョードルです」
ヒョードル
「か、可愛い」
「ね？　ね？　お姉ちゃんって呼んで？」

サモナーさんが行く VIII

著：ロッド
イラスト：鍋島テツヒロ

サモナーさんが行くVIII

Contents

これまでのあらすじ

βテストを終え、本サービスを開始したＶＲゲーム『アナザーリンク・サーガ・オンライン』。碌にゲームの説明も読まずにログインした青年キースが偶然選択した職業は「召喚術師」だった。召喚モンスターを使役する魔法使い系の職業だが、ゲームをプレイし始めて間もなく「召喚術師は不人気である」という事実を知る事に。このゲームにおいて召喚術師は「不遇職」「ネタプレイ」扱いされていたのだ！

不人気な職業のせいで仲間を見つけられずにいたキースはソロで攻略を進め、召喚術師オレニューに弟子入り。モンスターとの実戦で実力をつけるスパルタな修行を受けた結果、魔法使い系なのになぜか接近戦の技術がぐんぐん向上。前衛的な戦いも出来る独自のプレイスタイルを確立する。

こうして実力をつけていったキースにギルド長から「見習い召喚術師が一人前になるまで指導して欲しい」という依頼が舞い込んだ。引き受けたキースが指導する事になったのは、二人組の少女イリーナとアデル。キースの戦いを間近で見た二人は――

「装備が何かおかしいと思いましたけど、サモナーは召喚モンスターに戦わせるのが普通だと思います」

「変！」

とキースに物申すが、キースはお構いなしに二人の弟子を指導する。

その後もキースは、ＰＫ行為をするプレイ

ヤー・キラーを絞め落として返り討ちにしたり、モンスター召喚禁止の闘技大会をトンファーでベスト8まで勝ち抜いたり、召喚術師としては型破りの大活躍。闘技大会の第二回戦でソーサラーのリディアに決めたヒール・ホールドと股割きは、実況スレで〝恥ずかし固め〟と命名され、伝説として語られていく事になる。

ゲーム攻略を進めたキースは土霊の祠（ほこら）でイベントモンスター・ノッカーを撃破し、拠点以外でログインとログアウトが出来るようになるエリアポータル機能を開放。冒険は新たな局面を迎え、プレイヤー達（たち）は各地に無数に点在するエリアポータルの開放を目標に未知のフィールドへと乗り出した。

そんなある日、W2マップのエリアポータルで廃村となっていた風霊の村を有志のプレイヤーで立て直して拠点とする「風霊の村復興プロジェクト」が始動。参加したキースは、攻略組に重要な情報をもたらし、高レベルの木魔法で作物を育てるなど、プロジェクトの展開に貢献する。

さらにキースは金剛力士や牛頭鬼（ごずき）・馬頭鬼（めずき）など強敵との戦いを経て「プレイヤーのクラスチェンジ条件」をクリア。新たなる職業「召喚魔法師（グランドサモナー）」を取得した。

サモナーとして大きく成長したキースはイベント『女神の解放』をいち早く単独でクリア。当人の知らぬところで輪をかけて一目置かれる事となる。

さらに、オレニューの師匠と名乗るデスカーディナルのジュナとも対面。なぜか始まる「マナポーション作り方講座」を通してアイテムを均一に量産できるよう試行錯誤することに。そんなキースに興味津々なジュナからの視線をものともせず、彼は今日もまた冒険への準備を進めるのであった……

第一章

《運営インフォメーションがあります。確認しますか？》

《フレンド登録者からメッセージが３件あります》

《第二回闘技大会開催のお知らせ：冒険者ギルド練兵場にて闘技大会を開催致します！》

　ログインしたら色々と来てました。早速運営インフォから見てみたらこれだ。またあれをやるのかよ！　中身も一応、目を通してみたら今度はパーティ同士で戦う事になるらしい。召喚モンスターもあり？　精霊召喚もあり？　派手な戦闘になりそうな気がする。つか開催するのが三日後とか、随分と急な話だな！　それに登録するには事前にメンバーを決めておかないといけないらしい。加えて先着順か。少し考えさせて欲しいよね？

　これは後回しだ。

　次にメッセージだが、ラムダくん、アデル、そしてイリーナか。

『一旦、西側から戻る事になりました。今度はレギアス周辺でＰＫ狩りをやってると思います』

　ラムダくんは元気にＰＫ職を狩っているようだな。プレイヤーが増えたらＰＫ職も増えるのは道理、そしてＰＫＫ職が増えるのも道理だ。市場原理そのままの展開だな。

『ところで闘技大会は出るんですか？　楽しみにしてます！』

　最後の一文は出場前提じゃねえか！　全く、何を期待しているんだか。次はアデルだ。

『みーちゃんがクラスチェンジしてフォレストタイガーになりました！』

おお！　やったじゃないか！

『キースさんは闘技大会って出ます？　私はイリーナちゃんと組んで申し込んじゃいました！』

おいおいおい、出るのかよ！　だが二人で組むというやり方はアリだな。前衛は互いの召喚モンスターで組めばいい訳だし。

おっと、添付してあるデータを見ておこう。一番上に添付されていたのはみーちゃんとアデルの自撮り画像だ。データよりもこっちが本命か？　みーちゃんは以前より獰猛さを感じさせる顔付きになっている。アデルはより蕩けるような顔になってるが気のせいじゃないよな？

次がアデルがみーちゃんの背中に乗っかっている画像だ。デカくなってる。アデルと比較するからそう見えるだけ？　いや、間違いなく大きくなっている。お、次の添付ファイルがオレにとっての本命のようです。

みーちゃん

ホースLv8→タイガーLv8

器用値	9	敏捷値	22
知力値	9	筋力値	25
生命力	22	精神力	10

スキル

噛み付き	威嚇
危険察知	夜目
気配遮断	

《クラスチェンジ候補》

《フォレストタイガー》《シュトルムティーガー》

みーちゃん

ホースLv8→フォレストタイガーLv1（New!）

器用値　9　　敏捷値　23（↑1）
知力値　9　　筋力値　28（↑3）
生命力　24（↑2）　　精神力　10

スキル

噛み付き　　威嚇
危険察知　　夜目
気配遮断

【フォレストタイガー】召喚モンスター　戦闘位置：地上

タイガーの上位種。攻撃手段は噛み付き等。
タイガーよりも体毛の模様が明瞭となる。
体格はタイガーより一回り大きくなる。
攻撃力に優れ、昼夜を問わず活躍出来る猛獣。
元々夜目が利くタイガーだが、その能力が向上している。

《クラスチェンジしますか?》

《Yes》《No》

みーちゃん

タイガーLv8→シュトルムティーガーLv1（New!）

器用値　9　　敏捷値　25（↑3）
知力値　9　　筋力値　25
生命力　22　　精神力　10

スキル

噛み付き　　威嚇
危険察知　　夜目
気配遮断　　風属性（New!）

【シュトルムティーガー】召喚モンスター　戦闘位置：地上

タイガーの上位種。攻撃手段は噛み付き等と風属性の特殊能力。
平原に順応したタイガーの上位種とも言われている。
比較的スピードに優れている。

《クラスチェンジしますか?》

《Yes》《No》

ふむ、選択肢は二つになるのか。まあなんだ、ウルフと比べたら攻撃力に優れるタイガーだが、その傾向がより顕著になるようだ。で、一方のシュトルムティーガーは俊敏性に優れていて風属性を取得する、と。成程。そしてアデルはフォレストタイガーを選んだ訳か。確固たる前衛って事になる。

で、イリーナのメッセージは何だ？　まあ概ね予想出来ているけど。

『この度、トグロがクラスチェンジしてヴェノムパイソンになりました！　詳細は添付データをご参照下さい』

やはりな。つかアデルと文面の差が大きいな！

『アデルちゃんと一緒に闘技大会に出場を申し込んじゃいました。今度はパーティ戦という事で楽しみです』

うむ。確かに個人戦とは違う面白さがあるだろう。オレもそこには大いに興味がある。

『あと大会日程に合わせてサモナー同士で互いの召喚モンスターのお披露目をする企画が進行中です。キースさんがまだ召喚してない子達がいるかも？　是非ご参加して下さいね！　キースさんの対パーティ戦も楽しみにしてます。ではまた』

いや、だから何でオレも出場する事が前提になってるのよ？　観戦は確実にするけど。まあそれはスルーするとして、トグロのデータを見ようかね。

トグロ

バイパーLv8

器用値	12	敏捷値	19
知力値	12	筋力値	15
生命力	17	精神力	11

スキル

噛み付き	巻付
匂い感知	熱感知
気配遮断	毒

《クラスチェンジ候補》

《ヴェノムパイソン》《カーズドバイパー》

トグロ

バイパーLv8→ヴェノムパイソンLv1（New!）

器用値	12	敏捷値	20（↑1）
知力値	12	筋力値	18（↑3）
生命力	21（↑4）	精神力	11

スキル

噛み付き	巻付
匂い感知	熱感知
気配遮断	毒

【ヴェノムパイソンー】召喚モンスター　戦闘位置：地上

バイパーの上位種。主な攻撃手段は噛み付きと締め上げ。
バイパーよりも体が一回り以上大きくなっている。
通常のパイソンと異なり毒を持つ。

《クラスチェンジしますか?》

《Yes》《No》

トグロ

バイパーLv8→カーズドバイパーLv1（New!）

器用値	13（↑1）	敏捷値	19
知力値	14（↑2）	筋力値	15
生命力	17	精神力	13（↑2）

スキル

噛み付き	巻付
匂い感知	熱感知
気配遮断	毒
闇属性（New!）	

【カーズドバイパー】召喚モンスター　戦闘位置：地上

バイパーの上位種。主な攻撃手段は噛み付きと締め上げ。
特殊能力として闇属性を得ており、奇襲能力はより高くなった。

《クラスチェンジしますか?》

《Yes》《No》

バイパーも選択肢は二つか。ヴェノムパイソンにクラスチェンジ後はステータスが合計で8も上がるのは魅力的だ。その分、スキルに追加は無い、と。恐らく通常進化はこっちなのだろう。一方でカーズドバイパーは闇属性を得て暗殺者っぽくなるようだ。それはそれで恐ろしい。

　イリーナはヴェノムパイソンを選んだ訳か。最後に添付されていた画像だが、明らかに今までと違う大きさになっている。人間を丸呑（まるの）みにするにはまだ大きさが足りないようだが、油断ならない。つかイリーナは蛇に首を巻かれていてよく平気だな！　まあ慣れているんだろうが。

　三人には同じ文面で返信しておこう。大会の予定は未定、観戦には行きます、と。ラムダくんには返り討ちにしたＰＫ職のデータも添付しておこう。これはサービスだ。

　それにしても大会か。今度は出場するかどうか位、自分の意志で決めたいものだ。少し考える時間が欲しいです。

　作業場に降りる。人影が増えているような気がする。師匠、ジュナさん、そしてギルド長までいた。ギルド長はいつ来たんだ？

「おお、キースも来たか」

「ギルド長までどうしました？」

「ジュナ様に戻って欲しくて、な」

「んもー、いいじゃないの。あんな連中なんか放っておいてもさー」

　メタルスキンが料理を運んできた。あれ、ギルド長の分が無いようだけど？

「儂（わし）はこれで戻りますがの。いずれはレムトに来て頂きませんと」

「いいわよー」

「闘技大会は見に行く、ですかな？」

「分かってるじゃない！」

「巡検使に入れ知恵したのはジュナ師匠ではないですかな？」

「いいじゃないオレニュー。貴方だって興味あるでしょ？」

「もう今更そこを愚痴っても致し方ないですがの。今後は色々と自重して下され」

そう言うとギルド長のルグランさんは深々と、そう、深々とジュナさんに向けて頭を下げた。抗議の意思が込められているのが分かる。

「ここの手伝いもやるんだし。それ以上の介入はしないわよ？」

「本当ですかのう」

ジュナさんって根っからのトラブルメーカーなんだな。師匠もギルド長にも信用の色が無い。

「ね？　ね？　キースちゃんは闘技大会は出るのかな？　かな？」

「いや、『ちゃん』ではなく」

それ、ここで言いますか？　師匠もギルド長もいるのですが。流れ弾に当たった気分だ。

「うむ。枠は当然、用意するがどうじゃな？」

ギルド長もこれだ。いや、前回もそうだったじゃないですか！

「悪い事は言わん。諦めた方が良いぞ？」

師匠がオレの肩に手を置きそう言う。何で？

師匠が視線を転じた先をオレは見た。

ジュナさんの笑顔がそこにはあった。

何これ、断れる雰囲気じゃないんですけど！

「出るのかな？　かな？」

詰んだ。いつの間にか師匠だけでなくオレも詰んでいた。何手詰めだったんだよ、これ！

オレってば将棋なら五手詰めがせいぜいだってのに、こんなの読める訳がない。

「……出ます」

「そう！　楽しみが増えたわー」

いやいやいやいやいや！　言わせたの、誰だよ！

「ではジュナ様、儂はこれにて失礼致しますぞ」

「はい。ご苦労様ー」

「これ以上の苦労はしたくありませんでの。くれぐれも自重して下され」

ギルド長はそう言い残すといきなり消えた。

ああ、幻影で分身を送り込んでいたのか。以前にも見た事がある。幻影では食事は摂らないか。

メタルスキンの作ってくれていた料理を食べ終えたら召喚を始める。今日は作業がメインだ。そうなると人形の文楽は外せない。後は適当に邪魔にならない面子にしよう。狼のヴォルフ、梟の黒曜、スライムのリグ、蛇のクリープと順番に召喚していく。

「おお！　蛇ちゃんもいたのね！」

ジュナさんが手を差し伸べてもクリープは無関心だ。そのままオレの体を這い上がって巻きついていく。舌を出し入れしながら周囲を探っているようだ。

「ああん！　つれない！」

そりゃそうです。オレの配下ですよ？

黒曜だけは家の外の番でいいとして、他の面々は師匠の家の中で自由にさせておくか。オレと文楽は昨日の続きだ。

とは言っても作業そのものは単純である。静置してあった二種の水溶液をもう一度攪拌(かくはん)、濾過(ろか)する。そして二種の水溶液を混ぜ合わせる。

マジックマッシュルームの抽出液に苦悶草(くもんそう)の抽出液を少しずつ注ぐ。そして攪拌。その合間にもエアカレント・コントロールで匂いを吹き飛ばす。

正直、ドラフトチャンバーが欲しい。ついでに滴定に使うような機材があったらいいんじゃないですかね？　いや、そこは工夫次第か？　ドラフトチャンバーはともかく、ビュレットは作れそうな気がする。

空瓶に液を注いで出来上がりだ。さあ、どうなっている？

【回復アイテム】
マナポーション　MP+9%回復　品質C+　レア度4　重量1
一般的なマナポーション。僅かにだがMPが回復する。
飲むとやや甘い。出来の悪い物だと悪酔いにも似た症状が出る事がある。
※連続使用不可。クーリングタイムは概ね9分。

「出来は良いようじゃな」

「キースちゃんってば筋がいいんじゃない？」

いや、だから『ちゃん』ではなく。段々とツッコミが口から出なくなってきてるな。


「だがこれは納品出来んのう」

やはり品質Cじゃないとダメなのか。無念。


「これも鍛錬になる。一度、短縮再現で作ってみるがいい」

「師匠？」

「ちょうど良く収まるかもしれんでな」

そうか。ポーションでも短縮再現で品質は下がる傾向がある。今の工程を記録する。短縮再現、やってみるか。

目の前にはマジックマッシュルームと苦悶草。

そして水。それだけだ。

途中の工程は全て記録してあるものを繋（つな）げてある。短縮再現でどうなるか？

【回復アイテム】

マナポーション　MP+6%回復　品質C-　レア度4　重量1

一般的なマナポーション。僅かにだがMPが回復する。

飲むとやや甘い。出来の悪い物だと悪酔いにも似た症状が出る事がある。
※連続使用不可。クーリングタイムは概ね12分。

「やはり納品は出来んのう」

「大丈夫！　失敗しても次があるわよ？」

「何か工夫出来ませんかね？」

「そこは知恵の出し所じゃろう」

　今度は品質が下がり過ぎたか。今までの生産活動を思い返す。最初から器用値が品質を左右する世界だった。そうだ、フィジカルエンチャント・アクアで器用値を上乗せする手段がある！


「もう一度やってみます」

「うむ」

　今度はフィジカルエンチャント・アクアを使ってから短縮再現を行う。どうだ？

【回復アイテム】
マナポーション　MP+8%回復　品質C　レア度4　重量1
一般的なマナポーション。僅かにだがMPが回復する。
飲むとやや甘い。出来の悪い物だと悪酔いにも似た症状が出る事がある。
※連続使用不可。クーリングタイムは概ね10分。

おお？　品質Cに到達、だな！　つか短縮再現にもフィジカルエンチャント・アクアの効果が波及するのか。新たな発見？


「師匠」

「何かな？」

「最初から、何通りか作りたいのですが」

「うむ、良いとも」


短縮再現に使うため、いくつかの工程を作業記憶させておこう。特に量を増やす方向で。

師匠もジュナさんもマナポーションは五個分を一セットで作っている。それでいて品質Cで揃うのだ。あの領域に達するには一個分でちまちま作っていても追いつけない。

当面は二個、三個を一セットで作る事を前提にして作業を進めよう。材料の破砕。攪拌と静置はメイキング技能の反復も条件に加えてみる。

後は夕方以降、夜に続きをしたらいい。

「では一旦、休憩するかな」

「あーそーびーたーいーなー」

「マナポーションの作製は続けたいのですが」

中断するのが惜しい。何しろここまでやってもスキルがレベルアップしていないのだ。オレとしては休憩せずに続けたいのが正直な所だ。


「普通のポーション作製も依頼を受けておるのでな。傷塞草(しょうそくそう)も採取せねば。苦悶草も要(い)る」

「じゃあ私とオレニューで行けばいいじゃない！　キースちゃんはここで作業。どう？」

師匠の目が泳いでいる。オレとしてはポーションやマナポーションの作製作業を優先したい所であるが。

「仕方ありませんの。あまりはしゃいで貰(もら)っては困りますぞ？」

「自重します」

片手を挙げて神妙に宣言するジュナさんですが信用ならない。師匠もジト目だ。


「キース、ここの空瓶の分は好きに使って良い。なるべく納品出来る物を作っておいてくれ」

「了解です」

「戻るのは昼を過ぎるじゃろう」

「分かりました」

師匠とジュナさんが作業場を出て行く。さて、どっちから片付けようか？　ポーションか、マナポーションか。その前に空瓶の確認だな。

ポーション用の空瓶は四百本以上あった。以前よりも間違いなく増えてる。マナポーション用は百本ちょっとか。これも気が遠くなる数だ。

材料のマジックマッシュルームは十分にある。だが苦悶草はやや少ないようだ。傷塞草も空瓶の量に比べると明らかに少ない。まあいい。短縮再現を使ってポーション作製から始めよう。
　ポーション作製だが最初の五本ロットは失敗した。全て品質C＋です。まだフィジカルエンチャント・アクアの効果が残っていたようだ。手持ちの品質Cのポーションと交換する。ついでに回復丸（がん）を作っているうちにフィジカルエンチャント・アクアの効力は切れた。
　よし、ポーション作製を続けよう。短縮再現でポーション液を作る。その液体を文楽が空瓶に注いでいった。流れ作業とまではいかないが、あっという間に数十本のポーションが出来上がっていく。無論、品質Cである。この調子で続けよう。
《これまでの行動経験で【錬金術】がレベルアップしました！》
《これまでの行動経験で【薬師】がレベルアップしました！》
《これまでの行動経験で【鑑定】がレベルアップしました！》
《これまでの行動経験で【精密操作】がレベルアップしました！》
　昼までにポーションが四百本、出来上がってしまった。ついでに回復丸も八十個、作製してある。品質Cに揃えられなかったポーションは二本だけ。回復丸はパーフェクト。いい感じです。
　その代償と言ってはアレだが、オレのＭＰ（マジックポイント）バーは半分近くまで減っている。
　何個かマナポーションも作ってはいるが、短縮再現一回で一個しか作れない。効率悪過ぎ！
　でも空瓶は百本以上ある。仕方ない、午後も地道に続けようかね？
　昼飯を文楽に作らせている間に闘技大会の申し込みを行ってみた。いや、行おうとした。仮登録、終わってるってどういう事なのよ？　出場メンバーの指定を待つ段階まで登録が進んでました。

手回しの早い事で。仕方ない、メンバーはどうする？　オレは無論入るが、召喚モンスターも入れる事になる。これ、意外と悩ましいぞ？

現在オレの配下となる召喚モンスターは十六体いる。古株から選べばいいような気もするが懸念事項は色々とある。

例えば馬の残月。騎乗戦闘をするにしては試合会場が狭過ぎないか？　大会レギュレーションを検索してみたら、会場の大きさは前回と一緒である。ダメだ、狭過ぎる。突撃なんかしたら試合会場を飛び出してしまい場外負けだろう。

空中位置を飛び回る召喚モンスターは？　鷹のヘリックスと梟の黒曜はダメだな。やはり狭い。蝙蝠のジーンとアンデッドの瑞雲は論外だ。そもそも昼間が苦手だし。骸骨の無明もダメだ。

候補を絞ってみよう。

狼のヴォルフ。
ゴーレムのジェリコ。
鬼の護鬼。
大猿の戦鬼。
スライムのリグ。
人形の文楽。
狐のナインテイル。
妖精のヘザー。
虎のティグリス。
蛇のクリープ。

既にクラスチェンジしている古株の五体で決定か？　敏捷性を重視するのであればジェリコを外してティグリスを入れる選択肢もあり？　後方支援が出来るナインテイルやヘザーを入れるか？

悩ましい。悩ましいがやはり古株五体にしておこう。支援ならオレがやったらいい。

登録を終えると料理が出来上がっていた。食べながら色々と考え込む。試合ではどういった戦い方を選択出来るだろうか？

　まあ普段通りでいいよね？


　ではポーション作製を続けよう。いや、先にマナポーションだ。ポーション用の空瓶はもう数えるほどしか残っていない。

　マナポーションも短縮再現で作り続ける。二十三個目で品質C－が出たが、それ以降は連続で品質Cを維持していた。フィジカルエンチャント・アクアが途切れたのに気付かなかったのだ。

　面倒な！　いちいち、呪文を掛け直さないといけない。それだけにマナポーションの場合はポーション以上に気を遣った。文楽に液を補充させているから、作業は楽が出来ている筈だが続けてみるとそうでもない。ポーションの方が楽だ。出来上がっていく成果が遅々として進まないからそう感じるのだろう。


　八十本目でマナポーション作製を一旦止めた。素材の苦悶草が切れたのだ。マジックマッシュルームはまだあるのだが仕方ない。

　作業机から一旦離れる。向かったのは作業場の端にある釜、それに炉だ。石炭のような燃料も置いてあるがガラスの原料もある。珪砂、石灰石、トロナだ。だが加工する用具は見当たらない。レムトの工房で使っていた吹き竿や紙ごて、口切りばさみといった所だ。

　探すと竿を回転させる受け棒がある作業台があった。使い込まれた木製のモールドもある。まあポーション用であれば吹きガラスでいける。型吹きの方は当面いらないんだよな。

　そうだ、師匠のメタルスキンがいる。あの召喚モンスターであればこの設備の使い方も知っている事だろう。

メタルスキンは二階にいた。オレが昨日寝ていた部屋だ。やましい物は隠してませんからね！

「作業場の溶鉱炉でガラス瓶を作りたいんだけど出来るかな？」

試しに言葉にして頼んでみました。すると先導するかのように先に下へと降りていく。身振り手振りでオレを誘導する。その行き先は作業場ではなかった。

そこは作業場の更に一階層下の倉庫だった。以前に入った事がある倉庫とは別の場所だ。中に入ると一種独特の雰囲気がある。そこは様々な原料を保管する為の倉庫のようだ。メタルスキンは先に原料の在り処を教えてくれたのだ。

珪砂に石灰石、トロナがあった。作業場から離れているが場所は覚えたから問題ない。文楽も一緒に場所を確認させておいた。

他にも様々な物がある。石炭や油に硫黄、銅鉱らしきものがある。この部屋は火気厳禁だな。呪文一発で建物が吹き飛んでしまうだろう。

作業場に戻ると道具の在り処を教えて貰う。机に備えてある引き出しに全部ありました。それに木型もある。ポーションとマナポーションの瓶の蓋に使えそうなモールドもあった。

最初にメタルスキンが溶鉱炉の操作を見せてくれた。無論、火は入れていない。どうしても火を起こすのは人の手でやるべきなのだろう。それにドラフトチャンバーらしき装置は見当たらないのに排気されている空気の音が聞こえていた。謎だ。

溶鉱炉に燃料を入れてパイロキネシスで火を起こす。最初だしフィジカルエンチャント・アクアで器用度も上乗せする。レジスト・ファイアで熱対策、手元に冷却用の水を溜めた桶も用意した。

ガラス種を作る。以前、レムトでフェイと御剣（みつるぎ）相手に雑談した中で聞いた配合になる。さて、溶融まで時間は掛かりそうであるが、我慢して攪拌を行う。炉の温度も下げる訳にいかない。

鞴（ふいご）は文楽に任せた。まあ作業している場所は熱くないから大丈夫だろう。文楽はウッドパペットだ。そう、木製のパペットなのだ。燃えたら洒落（しゃれ）にならない。

最初に出来上がった空瓶はいきなり品質C−であった。無論、失敗である。ただ使えなくはない。

次からは息の吹き込みにエアカレント・コントロールも加えて作り上げた。それだけで品質C+を連発である。だがまだまだ！　オレの狙いはこの作業工程も短縮再現で行う事にある。出来れば品質B−の工程を記録してから短縮再現に移行したい。だがオレは目的を忘れた。作業そのものが楽しいのである。品質B−は出来上がっていたのだが、いい調子なのでそのまま継続した。

ポーション用の瓶を五十本ほど作製したら今度はサイズを変えてみた。マナポーション用である。液の入る容量はポーション用より少ないのに瓶の重さは一緒だ。つまり肉厚になる。それだけにこいつが品質C+になるまで、三十本以上を要してしまった。品質B−は？　百本近く作業をしてようやく一本である。これは難敵だ。安定して品質B−を出せるようにならないといけない。これが目的が変わった瞬間でもあった。

《これまでの行動経験で【ガラス工】がレベルアップしました！》

《これまでの行動経験で【耐暑】がレベルアップしました！》

空瓶作製に熱中していたらレベルアップしてます。まあ当然と言えば当然だ。それに暑さに耐えて作業を続行してたから水の補給も欠かせない。

塩も作業の合間に舐めてました。変性岩塩（聖）じゃないけどな！

　更にマナポーション用の空瓶を作製し続ける。その出来は品質Ｂ－と品質Ｃ＋を行き来していた。九割程が品質Ｂ－になった頃、師匠達が戻った。


「キースよ、お主はガラス瓶を作っておったのか？」

「ええ。ギルドの依頼を受けてレムトで作った事がありましたので」

「奇特な事よのう」

　何故でしょうね？　成り行きでそうなっちゃったんですって！　ジュナさんは瓶の出来栄えを見ているようです。目が真剣だ。

「オレニューちゃんはマナポーションだけじゃなく、ポーションの作製も請けてるんでしょ？」

「まあそうですが。マナポーションが優先ではありますがの」

「前倒しで全部、作っちゃったら？」

「で、その目的は何ですかの？」

「闘技大会、オレニューちゃんと一緒に観戦出来るじゃないの！」

　師匠が突っ伏した。一体、何が？


「瓶が不足しとる、と先刻まで話をして断ったというのに」

「ナイスよ！　キースちゃん！」

　オレも師匠も『ちゃん』呼ばわりですか？　そんなどうでもいい事を考えてました。それは現実逃避とも言う。

　オレがガラス瓶を作る。師匠はポーションを作る。ジュナさんはマナポーションを作る。そういう分業体制が出来上がってました。採取したばかりの傷塞草が凄い勢いで減っていく。苦悶草とマジックマッシュルームも減っている。空瓶の作製も手作業では間に合わないから短縮再現で量産を始めた。これがまたMPバーを見ながらの作業だ。無限にある訳ではない。

「遠慮なく使え」

師匠がそう言うとマナポーションを差し出した。品質C以外の出来の奴(やつ)だ。確かに、これを使えばMP回復になりますね。でもこれって反則技っぽいんですけど！　つまみ食いみたいだし。

メタルスキンが作業場に夕食を運び込んで来た。時刻は既に午後七時だ。もうそんな時間になっていたのか！　作業場の机の上はポーションとマナポーションで埋まっている。オレが《アイテム・ボックス》から机を出して、そこで食事を摂る事になった。

「キースはこの後、手作業でマナポーションの作製じゃな」

「はい」

「数はもう十分じゃしな。明日はマナポーションを納品に行くが、お主(ぬし)も来るかな？」

「大会に向けて鍛錬したい所なんですが」

そう、ここからレムトの町に移動するだけで半日近くを潰す事になる。闘技大会の開催は三日後だ。経験値稼ぎをする時間は明日、明後日(あさって)の二日間しかない。例えば金剛力士に挑むとすると、明日の朝一番にここを出たとしても風霊の村に到着するのは昼前だ。微妙に時間を食う。そして大会に間に合わせるには、明後日にも移動が必要だ。昼の時間を丸一日分、移動で消費してしまう。

大会だけのためにレベルアップを図るにしても得心が行かないってのが本音だ。今更、ジタバタしてみた所でレベルアップ出来るのか、確信も無い。それならば納品に同行してもいいのか？

「お主も頭が固いのう」

「もっといい方法あるのにー」

「師匠、バラして貰っては困りますぞ？」

「ちぇー」

何だ？　オレは何かを見落としているのか？

食事を終えるとマナポーション作製を手作業で行った。今度は一ロットで三個分である。三回目で三個とも品質C＋を作る事が出来た。短縮再現でも品質Cで収まっている。概ね狙い通りだ。


「納品する予定の物以外はお主が持っていけ」

師匠に言われ、《アイテム・ボックス》に入れる時点で気が付いた。何気に凄い数になってしまっている。マナポーションが二十三本？　まあ報酬の代わりならばこれで十分だろう。


「まあ今日の所はこんなもんじゃろうな。明日はお主の好きにするが良い」

「オレニューちゃん、厳しいー」

「自ら気付いて学び取らねば血肉にはならんのですよ」

「私の教え方とも違うわよねえ？」

「今にして思えば師匠の教え方は優しいものであったのですな」

「オレニューちゃん、泣いてたものねー」

「それ、言わんで下され」

何だ？　見落としているのは何だ？　頭の中でそんな考えがグルグルと駆け巡っていたが答えは出なかった。


師匠の家を出て中庭に出た。今日はずっと外にいた梟の黒曜も肩に飛び移ってくる。

そうだな、夜の狩りの布陣にしようか。狼のヴォルフ、梟の黒曜、蛇のクリープを残し、スライムのリグと人形の文楽は帰還させる。アンデッドコンビの無明と瑞雲を召喚した。

　おっと、闘技大会に向け、試合会場の大きさの確認もしておこう。対戦モードの設定と共通だった筈だ。感覚は摑(つか)んでおきたいよね？　対戦相手はいなくとも対戦モードは展開出来た。出来ちゃうものなんだな。試合会場は対戦モードのデフォルトのままだ。五十メートル四方の正方形。黒曜が飛び回っているが、明らかに狭い。

　あれ？　対戦相手の選択肢があるんだが。

ヴォルフ
黒曜
無明
クリープ
瑞雲

　つまり、アレだ。パーティメンバー同士でも試合形式で戦闘が出来るって事か？　対戦、というよりトレーニングにも使えるって事？　便利じゃないの！

　対戦方式の指定まで出来るようだ。三対三は無論出来る。一対一も出来る。一対三、といったハンデ戦も出来る。それどころか、一対一を三組、といった事も出来るようだ。知らなかった。ずっと気付きませんでした。


戦闘範囲は正方形、一辺は五十メートル。

ＨＰ勝敗判定は九十パーセントで決着。

ＭＰ使用範囲は九十パーセントまで。

試合時間は十分間。

時間切れ判定あり、ＨＰバーの残存率で行う。

感覚設定は全て百パーセント。

武器使用は制限なし。

呪文使用は制限なし。

武技使用は制限なし。

回復アイテムは使用不可。

対戦形式は基本、一対一。

同様に詳細設定も使えるみたいだ。試しにやらせてみるか？


無明と瑞雲の試合は膠着(こうちゃく)していた。互いに、決め手に欠けるのだから当然ではある。最初、火炎をぶつけた所までは瑞雲に利があったろう。だがそこから先がいけない。瑞雲は無明に貼り付いてＭＰを吸い取ろうとする。だがアンデッドの無明からＭＰはそうそう吸い取れない。

無明は何度も攻撃を瑞雲に加えているが、呪文で強化していないから透過するだけだ。全く効果が無い。その無明も瑞雲から僅かに受けたダメージは時間と共に回復してしまう。

この展開は予想してました。でも目(ま)の当たりにする事の意味は大きい。各々の特性、それに相性も確認出来た。長所も、そして短所も見えたし良しとしよう。試合結果は時間切れ引き分けだ。

では次だ。今度はその無明とオレとで戦ってみよう。但し、オレは呵責(かしゃく)シリーズの装備は全て外して素手で相手をする。フィジカルエンチャント系は全て使って保険は掛けておくけどね！


戦い始めてすぐに思い出した。最初にスケルトンと戦った時のあの感覚だ。しかも無明はカニの甲羅をベースにした防具を身に付けている。素手で戦うのはハンデのつもりだったのだが、とんでもない！　ダメージが入らない！

有効なのは投げだけだ。関節技は極(き)まった所で意味が無い。殴る蹴るも防具がいいから効果が薄い。すぐに自己回復して元通りになる。

まさかの大苦戦です！　これは本気でやらなければダメだな。特に攻撃を回避する意味で。

かと言って回避するだけでは勝負にならない。打撃と蹴りを駆使して投げを多用するしか、手が無いのだ。試合は拮抗してしまった。攻撃呪文は意図的に使わないんですが、使いたくなってウズウズしてしまう。

結局、時間切れ寸前に放った投げのダメージが効いてオレの判定勝ちになった。条件的に縛りを入れたとはいえ、ここまで苦戦したのは想定外です。やっぱりあれだ、尖った能力を何か一つ持っているのっていいよね？

《只今の戦闘で召喚モンスター『無明』がレベルアップしました！》

《任意のステータス値に1ポイントを加算して下さい》

無明は戦闘に勝利はしていない。でもレベルアップはしているみたいです。インフォも微妙に違う。アリなのかね？　まあそれはそれとして、だ。無明のステータス値で既に上昇しているのは敏捷値だ。任意のもう一点は筋力値を指定する。

無明
スケルトンLv6→Lv7（↑1）
器用値　16
敏捷値　16（↑1）
知力値　12
筋力値　13（↑1）
生命力　13
精神力　12

スキル
槌
小盾
受け
物理抵抗[微]
自己修復[中]
闇属性

いや、本当にいいんでしょうか？　なんかズルをしているような気持ちになるんですが。

さて、無明を帰還させよう。そして召喚するのは鬼の護鬼だ。オレの対戦相手として体格が丁度いいし装備もいい。だが得物だけはさすがに木剣にして貰おうかね？　さあ、やりますか！


護鬼とは戦闘スタイルが嚙み合っている。楽しい！　何でこれに早く気付かなかったかね？　護鬼の場合、尖った能力は持っていない。だが穴も少ない。器用貧乏とも言うけどな！　素手で時間切れまで相手をしてみたが、互いにＨＰバーの減りは三割程で終了した。体中、痛みは残るが気にならない。いい試合だった。但し結果はＨＰ残存率で護鬼の勝利である。では続きだ。オレと護鬼のＨＰバーを回復呪文で全快にしよう。

これ、実に面白い！

次も素手で、今度は回避を念頭において対戦してみた。オレはカウンター狙いである。

　護鬼の得物は木剣であるが、オレの鎧でも衝撃を吸収しきれない。ただダメージは僅かで済む。それでも突きには警戒が必要だ。まともに喰らえば無視出来ないダメージがある。

　オレの攻撃はどうか。相当、上手く当たらないと打撃も蹴りもダメージが通らない。だからこそ意味がある。工夫が要る。漫然と何も考えずに戦うよりも遥かにいい。

　やはり如何に投げ技や関節技に繋げるかが鍵だ。踏み込むタイミングも難しい。護鬼のように盾を持つ相手だと隙が見え難い。背後を取るのも一苦労だ。だからこそ、試す事が出来る。これは対戦なのだ。色々と仕掛けるべきだな！

　盾の縁を掴んで跳躍、護鬼の背後に回る。護鬼の肩に手をかけて跳躍、護鬼の前面に回る。スキルの【跳躍】と【軽業】が効いているようで、何度か失敗はするものの感覚は掴んだと思う。

　時間切れになった。またしてもＨＰ残存率で護鬼の勝利である。オレの遊び過ぎだ！

《只今の戦闘勝利で召喚モンスター『護鬼』がレベルアップしました！》

《任意のステータス値に1ポイントを加算して下さい》

　対戦に勝利した場合のインフォはいつもと一緒らしい。そういえばオレって経験値的に美味しい相手なんだろうか？　良く分かりませんけど。

　護鬼のステータス値で既に上昇しているのは器用値だ。もう一点のステータスアップは敏捷値を指定しておいた。

護鬼
羅刹Lv1→Lv2（↑1）
器用値　20（↑1）
敏捷値　16（↑1）
知力値　15
筋力値　18
生命力　18
精神力　15

スキル
弓
手斧
剣
小盾
受け
回避
隠蔽
闇属性

その後、護鬼とはもう一戦した。今度はオレの判定勝ち。護鬼はレベルアップした事で強くなった、というより上手くなっていた。盾を持っている利を活かして距離を詰めるようになった。

いや、前からやってはいたが、上手くいってなかっただけだな。危うい所で回避はしているものの、攻撃でもより気が抜けなくなった。


対戦は大体、感じが掴めたかな？　時刻はまだ午後九時にもなっていない。別の召喚モンスター相手に試合を続けてみよう。出来れば、苦戦するような相手がいい。

護鬼を帰還させて召喚したのはゴーレムのジェリコである。苦戦するのは承知だ。呪文無しでどうにか出来るとは思っていない。素手ではあるが、フィジカルエンチャント系で強化しまくって戦う事にした。それでも苦戦必至だろう。対戦する意味ならある。苦戦するからいいのだ。

ジェリコの動きは鈍い。その鈍さは瑞雲に次ぐだろう。だが対戦してみて分かる事がある。プレッシャーが半端ない！

最初の対戦は終始、オレが逃げ回るかのような展開になった。ジェリコの攻撃はオレに掠りはするものの、直撃は無い。そう、逃げ回っている相手を追撃する速さがジェリコには欠けている。これはプレイヤーとの対戦でも同様となるだろう。

ジェリコは一度だけ、オレが背後から攻撃を仕掛けた時に液状化を見せた。これがジェリコにとっての奥の手と言えるだろう。無論、オレはこの能力を承知しているから驚きは無い。だが知っているつもりになっていただけだと思い知った。

ジェリコから一気に離れて距離を置こうとしたのだが、追いつかれた。液状化している間、ジェリコの敏捷性は向上している？　この動きってあれだ、スライム？

まあ狼のヴォルフのような速さは無いが、ジェリコのような存在が一時的にも敏捷性が上がるのは大きい。虚を衝く事も出来るだろう。

ジェリコの問題はその液状化の使用回数にあるのも承知だ。だからこそ期待もある。

試合を続けた。

七試合目。ここまで全て判定で三勝三敗。

オレもジェリコも戦い方は変えずに近接戦闘が続く。ダメージは互いに積み重なるものの、軽微なものだ。そして試合時間は終了。七試合目はジェリコの判定勝ちとなった所で狙っていたインフォが来た。

《只今の戦闘勝利で召喚モンスター『ジェリコ』がレベルアップしました！》

《任意のステータス値に1ポイントを加算して下さい》

狙い通りではあるんだが、やはり互いのＨＰ

バーが派手に削れるような戦いの方が経験値も高いのかね？　試したくもあるがその反面怖い。ジェリコの場合、もう一歩踏み込むと洒落にならないダメージが待っているのだ。

おっと、ジェリコのステータス値で既に上昇しているのは生命力だった。任意のもう1ポイントは精神力にしておく。

ジェリコ

マッドゴーレムLv1→Lv2（↑1）

器用値　5
敏捷値　6
知力値　5
筋力値　35
生命力　36（↑1）
精神力　6（↑1）

スキル

打撃
蹴り
魔法抵抗[小]
自己修復[微]
受け
液状化

ここは敢(あ)えて数字が揃う事に拘(こだわ)らなかった。ちょっと悔しい。次のレベルアップで筋力値が上昇する事に期待しておこう。

それにしても対戦をやってみて良かった。想像する事は出来る。だが実際に感覚を摑んでおく意味は大きい。オレを含めて、何もかも完璧ではない。長所もあれば短所もある。

長所を活かす。短所を塞ぐ。

鍵は相互にどう連携するかだな。無論、その中心にいるのはオレだ。

時刻は午後十時を過ぎていた。もう数戦、対戦は出来るがここまでにしておこう。ＭＰバーにも余裕は無い。明日はどうなるか分からないのだ。

そう、明日はポーションやマナポーションを作製するのもいいな。瓶の作製もアリだ。木工をしたっていい。移動で時間を潰さず、召喚モンスター達と対戦をしながら遊ぶのも悪くないな。

【相撲部屋】金剛力士への挑戦状　３通目
【ちゃんこ食おうぜ】

1. 好実
W2 マップと S1W2 マップの間に横たわる洞窟の奥。
門番の金剛力士が君の挑戦を待っているという・・・
ここは金剛力士攻略情報スレです。
同時に中継ポータル前の獅子と狛犬ペア、狛虎のペアについての攻略情報もここで扱ってます。
ここまでのまとめ他は >>2 あたりで。
過去スレ：
金剛力士への挑戦状　1-2 通目
※格納書庫を参照のこと

――（中略）――

303. 鈴音
金剛力士に挑戦するとしたら推奨レベルってどんな感じ？

まだレベル８になったばかりで６人パーティなんだけど。

平気？

304. ミオ
>>303
広間外の金剛力士 Lv.1 ペアならいける。
遭遇して Lv.2 以上だったら諦めた方がいいかも。
広間内の金剛力士 Lv.1 ペアだとちょっと厳しい、かな？

305. ルパート
>>303
パーティ編成にもよる。

広間外は火属性と土属性、広間内の風属性と水属性のペアよりも比較的戦い易いって意見は多いけどね。

勝てたとしてもかなりボロボロになるから注意。

心配なら洞窟内の牛頭と馬頭のペア相手に鍛錬がオススメ。

苦戦するようでは金剛力士はまだ早い、かな？

306. 与作
金剛力士はわりと戦いやすいけど、獅子と狛犬、狛虎が苦手だ。

パーティ編成も大きく影響する。

連戦はキツいけど出来なくはないよね？

307. 蛭間
>>303

金剛力士 Lv.1 ペア　PT 全員種族レベル 8×6 名
金剛力士 Lv.2 ペア　PT 全員種族レベル 10×6 名
金剛力士 Lv.3 ペア　PT 全員種族レベル 12×6 名
金剛力士 Lv.4 ペア　サモナーさんレベル
感覚的にはこうだな。
風＋水のペアはややテクニカルな分、相手し難いって程度かね？
ここの所ずっとギャラリーもしてるが、Lv.4 ペアって 3 回しか見てない。
そのうち 2 回は全滅で死に戻ってる
>>306
最後の一文は明らかにおかしいw

308. イリーナ
>>307
Lv.4 がw

309. 蛭間
>>308
行かせたの誰だよw

310. 与作
>>307
最後wwwwww
まだ Lv.4 とは戦ってないけど強いのかね？

311. イリーナ
>>310
実際に戦ってる訳じゃないし分からない点も多いんですけど。
あれを参考にするのはどうかと思います。

312. 紅蓮
動画機能実装が遅過ぎたんだ
運営がもう少し早ければ

313. ツツミ
>>312
だよなw
ランバージャックさん vs サモナーさんの格闘戦は保存しておきたかった
対金剛力士戦もだけど
つか最近は洞窟でも風霊の村でもサモナーさんを見ないんだが

314. アデル

イベント終了のインフォの前のタイミングでいなくなってますよねー
怪しいですねー

315. 与作
>>313
サモナーさんが金剛力士相手にグラップル戦してたというが・・・
さすがに真似出来そうにないんですけど。

316. 蛭間
>>315
あんたなら出来そうｗ

317. 鈴音
やっぱりもう少し精進します。
牛頭と馬頭の相手かあ・・・

318. レイナ
鼻輪いいよ鼻輪。
獄卒の鼻輪はかなり持ち込まれるようになってる。
グラップラー向けの装備は出来るよ！（宣伝）
何気に他の用途も見出したいのよね・・・

319. ルパート
狛虎撃破したら先に進めて称号が一段階上がるみたいなんだけど
称号の効果もまだ謎だらけだよな？
やっぱりマスクデータ多過ぎ・・・
>>312
せっかくこっちに来たんだし解析ヨロ

320. サキ
鬼がいますね。
いや、サモナーなら鬼を引き連れて冒険出来ますけどｗ

321. イリーナ
運営インフォ北
また闘技大会？

322. 蛭間
今度はチーム戦じゃあああああああああ！

323. 与作
インフォ見た
ざっと読んだけど、これは・・・

324. サキ
>>323
貴方のトコのPTは固定じゃないけど・・・
参加するならメンバー調整はしますけど？
西の生産職選抜なら優勝候補間違いなし！

325. 紅蓮
>>324
洒落にならんｗ
ストーンカッターさんまで加わったら・・・
攻略組も蹂躙されちゃうじゃないですかあぁぁぁぁぁ！

326. ルパート
馬鹿言え
サモナーさんがいるじゃないか
あの金剛力士相手に召喚モンスター関係なしに真っ先に突っ込むんだぞ？
恐ろしくて相手に出来んｗ
>>323
サモナーさんを止められるのは君しかいないｗ
いや、君達しかいないｗ

327. 鈴音
大会かあ・・・
参加するだけなら出来るけど悩ましい。
つか３日後とか２日しか余裕がないのが痛い。
レムトまでだと移動で１日は消費・・・

328. マルグリッド
注目されるプレイヤーの試合は動画で保存されるでしょうね
でもこれは生で見たいｗ

329. レン＝レン
みんなして顔突き合わせてるのに掲示板とかｗ
皆、同時に黙っちゃうんでビックリしたｗｗ

330. リック

まあ交流するいい機会じゃないかな？
レムトに集まって実地で情報交換はいい事だと思う。

331. 蛭間
新スレ立てに逝ってくるｗ

332. アデル
サモナーオフ会、やるぞおおおおおおお！

333. イリーナ
>>332
キースさんにメッセで追記しておく
サモナースレも行ってきますか

334. マルグリッド
>>332-333
２人は組んで出るの？
それともバラバラで？

335. レン=レン
これは各所でも状況が大きく変化する、かな？
レベルアップする時間も装備強化する時間も少ないのが惜しいけど

336. アデル
>>334
組みますよー
早速、申し込んじゃった！

337. イリーナ
>>334
サモナー ×２名＋召喚モンスター２体ずつで参加ですｗ

338. ルパート
>>336-337
はえーよ乙
あと攻略組のトップって種族レベルで 13 って所か？
付け入る隙はあるか？

339. 蛭間
立てて北

つ【第二回】闘技大会　優勝するのは誰だ？　予想スレ★1【今度はチーム戦】

340. リック
>>338
どうだろう。
極振り同士がパーティ組んだら弱点が霞むし。
レベル差２程度はあまり関係ないとは思うけど。
まあそれだって相手次第じゃないかな？
バランス良く組んでも力押しで突破されかねないし。

341. ルパート
>>339
乙乙
闘技大会の話題は移動してしようぜ

342. 与作
>>339
今度はチーム戦か。
どうすっかなー

343. フィーナ
>>342
調整しますから出場ヨロ
西の生産職選抜として恥ずかしくない陣容を組みましょうｗ

344. サキ
>>342
支援しますからｗ

345. ミオ
さすがに今回もパスかなー

ーー（以下続く）ーー

【第二回】闘技大会　優勝するのは誰だ？　予想スレ★1【今度はチーム戦】

1. 蛭間
立ててみた。

大会要綱などレギュレーション、申し込み、日程は **>>2** あたりで。
最初の見所はサモナーさんが参加するかどうかw
過去スレ：
【第一回】闘技大会　優勝するのは誰だ？　予想スレ★1-7
※格納書庫を参照のこと

——（中略）——

17.zin
>>1
はえーよ乙
まとめてみた。
アイテム・ボックス格納アイテムは使用 NG
回復アイテムは使用 NG
エルフの【精霊召喚】とサモナーの【召喚魔法】はアリ、メンバー人数に数える
試合前に HPMP 全回復、試合後にも HPMP 全回復をギルドが行う
本選出場者にはギルド所属のアルケミストによる武器防具補修がある
試合による経験値は普通に入る
試合場は練兵場 50m×50m の正方形で常時結界あり、個人戦より広く、対戦モード準拠
試合場は旧練兵場で 2 面、新練兵場で 5 面、臨時試合場で 5 面
試合開始時刻に不在だと対戦相手が不戦勝扱い
1 チームの定数は 6 名までだが、それ以下でも OK
引き分けはなし、残っているメンバー人数で判定
試合終了時、同人数の場合は全メンバーの HP バー『残存率』合計で判定
痛覚設定は一律 100%になるので注意
HP バーは 90%を超えて減少した時点で戦闘から除去扱いになる
ギブアップは即戦闘から除去される
オーバーキルはシステム上ない

18. ルービン
>>1
はえぇぇぇぇぇぇぇぇ！
乙
攻略組トップは全て参加してくれんかなー

19.zin
>>17　続きで
予選、本選ともに 10 分 1 本勝負
回復呪文は予選からアリ
戦闘ログは常時公開
動画保存は自由だが 30 分制限は変化なし
予選 1 ブロックは参加者 32 チーム分
本選進出はトーナメントで勝ち残った 1 チーム
5 試合勝ち抜けで本選進出
本選枠は 32 チームのトーナメント

参加チーム数は 32×32 で 1,024 チーム枠
予選は 3 日間、全部で 992 試合
本選は 1 日だけで 31 試合

20. 桜塚護
>>17
>>19
乙乙
レムトには早めに行って宿確保だな

21. ココア
で、サモナーさんは出場するの？
また女を泣かせたりしてｗ

22. 蛭間
>>21
伝手があるからｗ
サモナー繋がりでプッシュ中らしいｗ
生産職でもランバージャックさんを中心に据えた選抜メンバーが出るかもよ？

23.∈(-ω-)∋
やあ　∈(･ω･)∋　祭りじゃあぁぁぁぁぁぁ

24. 豪徳寺
また各地に散った連中がレムトに集まることになるのか。
たまに交流があると楽しいねぇｗ

25. 新次郎
固定でずっと組んでるメンバー全員即同意、申し込んできた。
連携確認も込みでパーティ戦やるぞおおおおおお！

26. クラウサ
半固定メンバーでやってるとこういう時に困るなあ
あと 2 名要る

27. ミリア
>>26
半ソロバードとか人気高そう
伝手がある所から引く手数多な予感ｗ

28. キシリア
エルフ ×3+ 精霊 ×3 でも組めるのは面白いw
みなぎってきたw

29. ズオウ
>>28
ちょっとバランスがねえ・・・
寧ろ５人メンバー＋精霊１が強い気もする

30. 紅蓮
申し込んできた。
でも攻略トップにはレベル的に足りそうもないけど

31. 浪人２号
>>30
で、サモナーさんに会えたの？

32. フィオ
>>31
会いたい
でも会えないw

33. 豪徳寺
移動するぞおおおおおおおお

34. コロナ
>>32
それが運命かw
さて、闘技大会は港町から通うか

35. 駿河
>>34
それが無難

36. ロートシルト
混み合っている狩場が狙い目になるかな？
まあ攻略トップに程遠いし関係ないけど

37. 由美
>>36
とりあえず大会云々どころじゃない戦力なんで、大会期間中に差を詰めて置きたい所
少なくとも金剛力士に挑めるようになりたい

38. 紅蓮
>>31-32
会えてないよお！
でも大会に行くからいいんだ！
きっと大会に出ると信じてる！

39. コロナ
やっぱ六名固定で最初から不動の攻略組が本命？
後衛支援に回るメンバーの腕次第とは思うけど

40. ズオウ
>>39
Lv.10 呪文が普通に使われる
それに【重棍】他、上位互換の武装
多分、この辺の要素は大きく影響するかな？
極振りはより強力になる傾向が強くなってる
PT メンバー同士でフォローしあえば能力が尖っていても OK
何といっても集団戦だから

41. クラウサ
称号関係で補助スキル貰ってるのも影響するね

42. ホウライ
いや、要素満載で予想するの難しいよ？
見所は多いからいいけどｗ
イベント終わらせた漁師兄弟の臨時パーティがあのまま出ないかな？
あれは強力だと思う

43.∈(-ω-)∋
やあ

∈(-ω-)∋　やっぱりお祭りなんだし楽しめたらそれでいいよ！

――（以下続く）――

サモナーが集うスレ★9

1. 堤下
ここは召喚魔術師、サモナーが集うスレです。
このスレは召喚モンスターへの愛情で出来ています。
次スレは **>>980** を踏んだ方がどうぞ。
召喚モンスターのスクショ大歓迎！
但し連続投下、大量投下はやめましょう。
画像保管庫は外部リンクを利用して下さい。
リンクの在り処は **>>2** あたりで
過去スレ：
サモナーが集うスレ★1-8
※格納書庫を参照のこと

――（中略）――

14. 野々村
>>1
スレ立て乙
あと召喚モンスターのクラスチェンジ系統図も追記乙

15. ヒョードル
闘技大会はチーム戦？
興味はあるけどまだ全然育ってないし orz

16. 春菜
>>15
召喚モンスターへの愛情があれば大丈夫！
あ、ヒョードルさんは精霊も、だけどｗ

17. アデル
で、レムトにプレイヤーが大挙集結する機会でもあるし
召喚モンスターの相互お披露目を・・・
やりたいんだけど、どう？

18. 堤下
>>17
確かにいい機会だし大賛成！
つかこの機会しかなかろうてｗ

19. 駿河
水辺がいいなあ
水棲の召喚モンスターもいるしｗ

20. ムウ
>>19
川辺でバーベキューだな
カニいいよカニ

21. 此花
人魚がいるから水辺は必須って事でヨロ

22. シェーラ
レムトから東の港町に向かう途中で川があるけど・・・
結構、大きい川原がある
天気がよければ BBQ もやり易いかな？

23. 春菜
>>22
あそこか・・・
いいと思う。
レムトと行き来もし易いし。
>>17
サモナーさんは参加するのかな？
クラスチェンジ済みの召喚モンスターは拝んでおきたいｗ

24. アデル
>>23
私とイリーナちゃんは行くよｗ
サモナーさんはもう誘ってますｗ
あと料理は任せろおおおおおおお！

25. 駿河
先に予防線張っとく
カニは料理させないからな！

26. シェーラ
じゅる

27. 此花
>>25
カニは私のものだ

28. イリーナ
料理人参上
肉はたっぷり持っていけそうですw
>>25
じゅる

29. ムウ
>>25
野菜はいいとして、だ
やはりカニだなw

30. 堤下
>>25
鍋もいいなw
まあ焼くだけでも十分だけどw

31. 駿河
予防線意味なし orz

32. 此花
>>31
魚も私のものだ

33. アデル
場所は確定って事でいいのかな？
前日入りして会場押さえておきますねw
いや、早めにレムト入りして場所の下見までしておきます
目印は召喚モンスターがいるからすぐに分かるかな？

34. ヒョードル
大会期間中はレベルアップを目指そうかと思ってましたけど
行くよ！

35. ムウ
闘技大会にはサモナー関係で出るのはいるのかね？
サモナーさんには出て欲しいがw

36. イリーナ
>>35

アデルちゃんと組んで出ます

37. アデル
>>35
出るよ！
申し込み済みw

38. 堤下
>>36-37
サモナー２人に召喚モンスター４体の編成かな？
クラスチェンジ済み２体は当然としてやはり前衛メインかね

39. 駿河
空中位置の召喚モンスターだと明らかに試合場の広さが足りない
夜間特化型だと試合時間が昼間だし無理
馬はどうなんだろう？
騎乗戦闘は魅力なんだが

40. イリーナ
>>39
無理。
一度だけアデルちゃんと互いに対戦で騎乗戦してみたけど広さが足りない
試合場の一辺が 100m あっても狭いと思います

41. アデル
召喚モンスターもだけど精霊も解禁なので展開が読めない！
手札としては召喚モンスター以上？

42. ヒョードル
>>41
両方を使ってる立場ですが･･･
運用面では圧倒的に召喚モンスターがいいですね。
精霊はどうしても切り札的な使い方になりますし。
大会要綱見ましたけど、精霊召喚のクーリングタイムには何も触れてないです。
特に言及がないって事は１日に１回しか使えないって事だと思うのですが。
そうなると連戦では使いどころが難しいと思います。

43. 等々力
今北。
召喚モンスター込みで出場となると、真っ先にサモナー本人が狙われるよね？
仕様だとそうなるし、大会要綱でもその辺は何も注釈がない。

結構、サモナーにとっては不利なのか？

44. 堤下
>>43
壁役がいたら問題は無い、かな？
猛獣系で揃えて速攻で決着を狙うのもいい
支援まで念頭に置くならサモナー３名に召喚モンスター３体の編成もアリじゃね？
むしろその方が安定するかも

45. ムウ
>>44
そうなんだろうけど、そもそもサモナーはほぼ後追い組でレベル的に不利
開始から先行してるのってサモナーさんだけなんだよな
つかサモナーさんの場合、どんな編成で出場するのかも気になるｗ

46. イリーナ
>>45
編成はどうあれ、後衛なし、全員が前衛って事があり得ますから

47. ヒョードル
>>46
どういう事なの･･･

48. 野々村
やっぱりサモナーさんの普段の戦いぶりは見てみたいなあｗ
参考にならない、とはよく聞くけどｗ
動画機能はマジ遅過ぎたんだよ

49. アデル
>>45-47
サモナー自身は後衛職
その筈
でもそんなの関係ないのがサモナーさん！

50. 春菜
大会ではモフモフな子には活躍して欲しいなあｗ

——（以下続く）——

夜の住人専用　獲物観測所☆33

1. カッパドキア [****]
ここは闇に落ちた者達が集うスレです。
コテ偽装は忘れずに。
闇落ちした者だけが利用できるスレですが妄信は禁物。
個人情報を特定するような真似は控えましょう。
煽り耐性も鍛えてください。
関連スレは **>>2** あたりで。
次スレは **>>980** を踏んだ方がどうぞ。
立てずに逃亡したなら PKK の対象にするからそのつもりで。
反撃を喰らっても冷静にプレイを続けることをオススメします。
過去スレ：
夜の住人専用　獲物観測所☆1-32
※格納書庫を参照のこと

――（中略）――

125. 村西ですが何か [****]
サモナーさん被害者がまた出た件について付記
状況的に使ってた装備に心当たりがある
多分、だけど

126. 現在 74 勝 20 敗 188 未遂 [****]
>>125
ヒント程度でもいい
心当たり？

127. 村西ですが何か [****]
>>126
呵責の腕輪
こんな奴　つ (画像)
風霊の村で購入した
あのサモナーさんが装備してたのは確認済み
対戦でランバージャックさん相手に格闘戦をしてた時も装備してた
間違いない

128. 北畠具教 [****]
>>127
つかなんでそんなの購入してるん？

129. クローバー 4 号 [****]
>>127
あんたはグラップラースタイルかよｗ

130. 現在 84 勝 17 敗 187 未遂 [****]
>>127
それだ！
外して殴られたし間違いない

131. 北畠具教 [****]
>>130
効果としては設定無視で痛覚 100%固定っぽいんだけどな

132. 村西ですが何か [****]
>>131
【鑑定】した結果は全文貼っておく
【装飾アイテム：腕輪】呵責の腕輪　品質 C+　レア度 3
　AP+1　重量 0+　耐久値 150
　魔力付与品　属性なし
　獄卒の腕輪。何かの金属。特性は銅や銀に似ているようだ。
　装備された腕の拳には亡者を呵責する力が宿ると言われている。

最後の文章が怪しいけど、特に痛覚云々の説明は無いな。
単純に接近戦もするんで買った。
まあ気休め程度の性能だけど、無いよりマシって感じ

133. 現在 27 勝 4 敗 88 未遂 [****]
PKK 職への対抗手段にはなりそうもないか
むしろ PKK 職を増やしそうな雰囲気しかないw

134. クローバー 4 号 [****]
相手の手札を知っておくのは重要
無駄じゃないさ

135. 現在 84 勝 17 敗 187 未遂 [****]
確かに痛覚設定無視でダメージ喰らうのは怖いさ
でも考え方を変えた
常時、痛覚設定 100%でオレは続けるぜ
あのサモナーさんも穴が無い訳じゃない

136. 北畠具教 [****]
>>135
ガンガレ！
サモナー狙うなら召喚モンスターと分断が先じゃね？

それすら難しいのは分かるが
それに闘技大会は見ておくといいぞ
攻略の糸口が得られるかもしれないし
サモナーさんも出場するかもしれないしな

137. 遂にバレたよ [****]
>>135
ピットフォールに嵌めるのはサモナーさん自身にすべきか？
分断した上で召喚モンスターを先に片付けるべきか？
いや、サモナーさんを先に PK 出来たら召喚モンスターも無力化出来る
最初に狙うべきだってのは分かるんだが

138. クローバー４号 [****]
サモナーに PK 成功した事はあるけどな
やっぱ面倒ではある
実入りも苦労に見合うかと言えば微妙だったし
>>137
召喚モンスターは無視でサモナーを先に始末する方が楽なのは確か
でも基本あいつらは後衛だぜ？
バックアタックを仕掛ける舞台が要る
それに召喚モンスターには探索能力の高い連中も多いのが困るんだよな

139. 現在 84 勝 17 敗 187 未遂 [****]
>>136
それもそうだな、大会は見ておこう
>>138
確実ではないが召喚モンスター相手に【隠蔽】は有効なのは分かってる
そうでなきゃピットフォールの射程距離に捉える事は出来てない筈だし
あとは地形だなあ

140. 村西ですが何か [****]
ユニオン組んでちゃダメなのか？
>>138
サモナーさんは前衛なんだが

141. 遂にバレたよ [****]
>>140
ユニオンはアリだとは思うがな
だが人数が多いとバレるリスクも高まるし

142. 北畠具教 [****]
高レベルの相手も MP バーが消耗している所は狙い目
チャレンジしたいのは分かる

罠と呪文で工夫するのは当然として、普段の動向も知っておけば有利
実際、あの半ソロバードも狩れた訳で

143. 現在 27 勝 4 敗 88 未遂 [****]
>>142
6 名中、4 名が返り討ちで死に戻っているんじゃ成功と言い切れなさそう
でも実績は実績なのか

144. 村西ですが何か [****]
サモナーさんが西方面で装備を整えていたのは周知
もう少し探れるかもしれないが、ここ数日は姿を見ないんだよね
それにここってアヴェンジャーも加わった PKK 職パーティもいるんよ
かなり面倒な事になってる

145. クローバー 4 号 [****]
>>144
よくぞ無事に済んでいるな・・・
港町方面に PKK 職の PT がいたけど逃げる事しか出来なかったぞ？

146. 現在 84 勝 17 敗 187 未遂 [****]
なんにせよ事前準備は万全に近いものを用意したいな
レベル上げしてくるわ

147. 現在 66 勝 10 敗 145 未遂 [****]
まあそれが正解かもね
地力で劣っているのを工夫で PK するのが醍醐味なんだしｗ

148. 北畠具教 [****]
まあ正攻法でどうにか出来る PK 行為はちょっと、なｗ

149. 村西ですが何か [****]
>>145
逃げる以外に確実な手段が無いんよｗ
>>146
金剛力士をオススメしたい所だが、ギャラリーが邪魔
時間帯をズラして挑んでみたらいい
サモナーさんはアレを相手に格闘戦で勝ってしまうレベル
まあ呪文で強化して、ではあるが

150. 遂にバレたよ [****]

真正面から戦って勝てるようならそうしてるよｗ

151. 塾生 104[****]
ども。
海上 PK 職のバッカニアです。
同僚が増えましたのでスキル比較をしてみました。
バッカニアの条件が【水泳】【操船】なのは間違いないようです。

152. 北畠具教 [****]
>>151
乙
まだ他にも PK 職ってあるのかね？
上位もあるのかが気になるが

153. クローバー４号 [****]
闘技大会もあるんだよな。
前回【変装】して参加した奴はまだ生きているかな？

154. 塾生 104[****]
>>153
そんなのいたんですか？
初耳

155. 北畠具教 [****]
>>153
ありゃあ無茶を通り越して自殺行為だってｗ
まあ面白いチャレンジだったがねｗ

156. 村西ですが何か [****]
>>153
無茶しやがって・・・
でも闘技大会参加は現在の PK 職の戦闘力を比較するいい機会とも言えるけどな
NPC の衛兵がなかなか強力で見つかったら相手するのが面倒
一番の問題は NPC 盗賊だったりするがｗ

157. 遂にバレたよ [****]
大会期間中は小技でスリでもやってるといいよ
盗賊ギルドに上納金払わないといけないけどね
色々とレベルアップにも繋がるし
地道に魔物を狩ってレベルアップもいい
つか大いに PK 職である事を楽しめたらいいｗ

158. 現在 66 勝 10 敗 145 未遂 [****]
名言、いただきました

――（以下続く）――

第二章

《フレンド登録者からメッセージが３件あります》

ログインするとベッドの上だ。干草の匂い。二度寝したくもなるが、オレには意味は無い。

今日はどうするか？　納品は師匠達が行くようだが？　同行してもいいだろうが、ここに残って色々と作製するのもいい。

さて、メッセージは誰からかな？　マルグリッドさん、アデル、イリーナからのようだが。

『宝石二個、磨き終えました。本日は風霊の村を出てレギアスに向かう予定です、どこかで受け渡せないかな？』

今の状況では依頼品の受け渡しが不便だ。どこかで落ち合う事が出来ないかな？　テレパス、使おうか？

いや、時刻は午前六時、風霊の村はミーティング前だろうし自重しとこう。メッセージでこっちに来てる事だけ伝えておく。レギアスの村ならここからでも比較的近い。昼飯時にでも再度連絡してみてもいいだろう。で、アデルのは何だ？

『大会前日から夕食を兼ねてサモナー同士でオフ会みたいな事をします！　是非参加してね！』

添付ファイルは案内か。つか大会期間中は朝も夕方もやる気か？　バーベキュー大会みたいなノリになってる。で、イリーナのは何だ？

『追記です。召喚モンスターでまだ見ていないようなのもいるかもしれませんよ？』

そして添付ファイルは召喚モンスターの一覧であった。確かに、オレが把握していないのがいるな。ビッグクラブ（大蟹）、マーメイド（人魚）、シースネーク（海蛇）か。水棲モンスターはオレの召喚モンスターの中にはいない。海がある東方面はまともに探索してないから当然だ。オフ会に参加する意味はあるだろう。アデルとイリーナには時間があれば顔を出す、と返事しておこう。

　鷹のヘリックスと梟の黒曜を召喚するとそのまま窓から外に放した。人形の文楽、妖精のヘザー、狐のナインテイルを召喚しておこう。まあ何にせよ、作業場に降りてみるか。

　僅かに酒の匂いが残っているのが分かる。師匠達はここで飲んでたのか？　まあいいけど。

　メタルスキンが既に朝食の用意を済ませているようであった。作業台の上には食事の用意がしてある。ジュナさんは既に椅子に座って何やら呟いている。師匠は瓶の残りを確認しているようだ。

「おはようございます」

「おはようさん！」

「おお、早いの」

　揃った所で朝食となった。恐ろしい事にジュナさんの会話が途切れない。よく喋る。なのに料理がちゃんと減っている。謎だ。何か呪文でも使っているんだろうか？

「どうせまた色々と作製依頼を受ける事になるじゃろ。お主は残って瓶の作製を頼む」

「はい」

「傷塞草は十分にある。瓶作製がある程度進んだらポーション作製もええじゃろ。まあその辺は任せる」

「了解です」

「ではジュナ師匠、納品に行きますぞ」

「行ってくるわねー」

　家の外まで見送る事にしました。ロック鳥で移動するとか、派手な事はしないと思うのだが。それでも何を召喚するのかは興味がある。

バトルホース　レベル9
召喚モンスター　待機中
戦闘位置：地上

移動は馬ですか。まあそうすべきですよね。

ジュナさんと二人乗りで行くのかな？

スレイプニル　レベル？？？
召喚モンスター　待機中
戦闘位置：地上

いや、別の馬が召喚されていた。ジュナさんが召喚したその馬はレベルが見えない。つまりそれだけ上位の存在って事なのだろう。

しかし何だ？　脚が八本とか、まともに駆ける事が出来るんだろうか？　体躯は師匠のバトルホースよりも更に大きい。まるで農耕馬かのような筋肉を纏っている。体毛は赤毛のようにも黒毛のようにも見えるが、何よりも迫力が凄い。それでいてジュナさんには極めて従順のようだ。器用に跪いてジュナさんが騎乗し易くしている。


「じゃあ行きましょう！」

「元気ですな」

師匠は諦めきった顔をしている。もうね、見えない首輪とリードがオレには見えます。


「では、後は任せた！」

「それ、儂の台詞なんですがのう」

まあなんだ。オレはやれる事をやろうか。


作業は空瓶作製からだ。無論、この場合は品質Cに揃える必要がある訳だが、瓶だけならそんなに気にする事はない。錬金術の短縮再現で原料から直接、次々と作っていく。文楽は机上に並べるだけだ。MPの消費は当然あるが気にしない。棚にはマジックマッシュルームも苦悶草もあるのだ。マナポーションを作ってMP消費分を補充したらいい。そう思っていたら気が楽で済む。

《これまでの行動経験で【風魔法】がレベルアップしました！》

《【風魔法】呪文のエンチャンテッド・ウィンドを取得しました！》

《【風魔法】呪文のワールウィンドを取得しました！》

短縮再現で使っているのはメイキング技能の作業記憶で記録したものだ。その中には【風魔法】の呪文、エアカレント・コントロールで息の吹き込みを調整している事も含まれる。不思議な感覚だが、ちょっと儲けたような感じがするよな？

新しい呪文は以前に報告書で読んだ奴だ。大会で果たして使う機会があるだろうか？

作業を続けよう。さて、実際の瓶作製は一個単位になる。短縮再現で作製出来るのも当然一個だけだ。時間が短縮可能とはいえ、百個を作り上げるのにも時間は相応に必要だ。ポーション瓶三百個を作り上げるのに一時間ほど掛かった。MPバーは二割程削られている。だがそれも以前に比べたらかなり効率が良くなったのだ。

次はマナポーション瓶の作製だ。同じく三百本を作製するまで一時間ちょっとで作り上げてしまう。机上は瓶で埋まり始めていた。今度は空瓶の中身の補充だ。先にポーションからやろう。

品質Cで揃うように傷塞草五本でポーション十本分の作製を進めた。リキッド・ウォーターで水を一気に溜めておき、短縮再現で次々と作製していく。液の補充は文楽の担当だ。三十分程で三百本のポーションが出来上がった。実に効率がいい。

但し、完璧ではない。品質Cを外れた品質C＋が四本出来上がってしまった。無念である。

出来上がったポーションを棚に移し机上を整理すると回復丸も作っておく。全部で三十個だ。これもあっという間に出来上がった。全て品質Cで揃っているのも好感触だ。

次はマナポーションの作製だな。その前にMPの回復にマナポーションも使っておこう。さあ、もう少し頑張ってみようかね？

マナポーションは苦戦した。三個単位で短縮再現をしているのだが品質Cに揃えるのが大変です。昼前までに品質C百個は作れたものの、品質C－と品質C＋が共に七本も出来上がってしまった。
これらはある意味、不良品になる訳で別の棚に分けておいた。品質C－のマナポーションでMP回復をして作業は一旦中断、昼飯にしよう。
《運営インフォメーションが2件あります。確認しますか？》
文楽と師匠のメタルスキンが料理をしている合間にインフォが来てました。何だろうね？
《闘技大会申し込み終了！　参加人数が満数となりました！》
《闘技大会参加者へのお知らせ》
もう満数になったのか。今回は早かったな。
《闘技大会への参加申し込み人数が満数に達しました！　参加者各位には別途、個別に試合日程を通知します》
一通目の内容はこれだけだ。そうなると次は日程連絡なんだろうな。

《キース様へ：第一回戦は予選初日十時、新練兵場A面で開始の予定です》

　メタルスキンが机上に並べた食事を摂りながら、今更だが大会要綱を眺めておく。脳内でどう戦闘を展開するか、想像してみる。普段から他のパーティの戦い方はそう多く見ていない。最近では金剛力士と戦っている様子を観戦した程度なのだ。個人戦とはまるで違ってしまう。パーティを組んで戦う、という事はメンバー同士の弱点をカバーし合えるのだから当然だ。前衛は後衛の支援を受けて戦いに専念出来る。後衛は前衛の後方から安定した戦果を挙げていく事だろう。

　ではオレの場合はどうだ？　敢えて後衛、となるとオレと鬼の護鬼って事になる。ではどんな戦闘スタイルが有効だろうか？

　速攻か？

速攻、だよな？

　それが似合っている。呪文と武技、その両方にどう対応するのか、そこが鍵になるかな？　それに対戦相手との距離だ。間合いを詰める間に呪文一発は使えるだろう。同時に相手も使って来るだろうから対策は必須だ。

　楽しくなってきた。召喚モンスター達はそれぞれ強力な能力を持っている。だがその能力を封じられる可能性、となるとやはり呪文が障害になるだろう。武技のスペル・バイブレイトがレジストされなければいいんだが。

　オレ自身の場合は？　警戒すべきは武技だろうな。いきなり飛んでくる武技をどう凌ぐか。回避出来れば勿論最上だが今度はチーム戦だ。一発だけなら避ける事は出来るかもしれない。二発連続、となると難易度が一気に跳ね上がるだろう。まあそういった経験が無いんで想像なんだが。

《フレンド登録者からメッセージがあります》

食事の片付けが終わった所でメッセージが来てました。マルグリッドさんだ。

『森の迷宮で食事中です。もうすぐ出発だから、一時間程でレギアスの村に到着すると思います』

ほう、早いな。じゃあこっちも先にレギアスの村に行って待っていようかね？　レギアスの村で待ってます、と返信しておこう。生産作業が続いていたし息抜きも必要だ。

人形の文楽を帰還させて馬の残月を召喚する。師匠の家からなら三十分程でレギアスの村まで到達出来る。

「じゃあ後はよろしく」

師匠のマギフクロウに挨拶をしておいて出立する。たかが宝石二つ。されど宝石二つ。大会前の戦力向上となるのは間違いない。

レギアスの村の入り口で待っていたら、知った顔が大挙して来た。与作（よさく）がいる。アデルとイリーナもいる。いや、一体幾つのパーティで移動して来たんだ？　少なめに見ても七つか八つのパーティがいるんじゃね？

「来たぞー！」

レイナもいるな。声だけで分かる。

挨拶もそこそこに腰を落ち着かせるために屋台のある一角に移動する。生産職のプレイヤーズギルドの別メンバーがいるらしい。生産職組は村の入り口で別れてそこに移動するようだ。

与作のパーティは村の外の樵小屋（きこりごや）へ。攻略組は宿屋でログアウトする者もいれば村の外に狩りに行く者もいた。アデルとイリーナは宿屋に直行、ログアウトするようだ。オレは無論、生産職の面々に付いて行く。宝石を受け取らないといけない。

「少し落ち着かせてね」

「はい」

　屋台裏で椅子に座ると机周りにも各員が腰を下ろしていく。その中にフィーナさんはいない。サキさんもいないな。マルグリッドさん、レイナ、リック、優香、不動、ヘルガでパーティを組んでいるらしい。

「フィーナさん達は留守番ですか？」

「ええ。風霊の村の開発も手を抜けませんから」

「私達は大会をライブで見に行くよ！」

　オレの隣に座り込んだのはリックだ。彼は商人らしく、西で得たアイテムを売るのと同時に、風霊の村に必要となる各種資材を買い付けに来ているそうだ。抜け目ない。

「なんと言っても目玉はポーションとマナポーションですね。風霊の村でもポーション作製はしてますが足りなくて」

　運営の誘導もあるんだろうな。大会に向け大量のポーションとマナポーションをレムトの町に用意しておく。間違いなくプレイヤーが買い込んでくれるに違いない。まだまだ探索や攻略の最前線に安定供給出来る状況じゃないからな。

　そうだ。アレ、見せておこうかね。

「ところでこんなアイテムがあるんだけど」

《アイテム・ボックス》から取り出したのは山で得た奴だ。

【素材アイテム】
雪獣人の骨　原料　品質C+　レア度4　重量1
ウェンディゴの骨。大きいサイズのわりに軽くて丈夫。

【素材アイテム】
雪獣人の皮　原料　品質C+　レア度4　重量4
ウェンディゴの皮。分厚くて硬いので加工し難い。

骨は三つ、皮は二つある。何かに使えないか？

「骨に皮、ですか」

「何か装備に出来ませんかね？」

「まあその前に。イベント絡み、ですね？」

「まあそうですね」

リックも苦笑するしかないようだ。周囲の面々も興味を示している。

「骨！　これは響音の槌(つち)と同じパターンじゃないかな？」

代表してレイナが叫ぶ。そして視線はある男に集まった。不動だ。そう言えば彼は鍛冶師だった。

「確かに時間は余ってるけど、今から鍛冶作業しろって？」

「そこはそれ、村の設備を借りたら出来る！」

「いや、その前にこのアイテムはまだキースさんのなんだけどね？」

今度はオレに視線が集まる。

もうね。でも大会に向けて装備の強化も悪くない。護鬼の片手斧（おの）とか、いいかもしれない。

「二本は依頼って事で。一本は売ります」

「不動、どうかな？」

「納期は設備の空き次第。空いてたら今日中に作れるよ」

「何を作りますか？」

「片手斧を優先で。もう一本は槌で」

「不動、いいかい？」

「鍛冶場を見て来るよ。精錬するにしても少し時間が要（い）るし」

「リック、私もヘルプに行くわ。興味あるし」

「頼んだ」

不動とヘルガは雪獣人の骨二つを受け取ると去っていく。他人事（ひとごと）だけど長距離移動して到着したばかりなのに大変ですね！　で、骨はこれでいいとして皮はどうする？

「皮はサキさんに相談したいですね」

「難物ですか？」

「レギアスの村にレザーワーカーはいますが、このレア度の皮だと失敗のリスクが高過ぎるよ」

「ダメですかね」

「なめしに時間がかかりますし大会には間に合わないでしょう」

ダメか。まあそこは仕方がない。雪獣人の皮は保留だな。戦鬼の防具に良さそうだったんだが。

「じゃあ私の用件の方ね」

マルグリッドさんが宝石を二つ取り出した。

【素材アイテム】

ツァボライト+　品質C+　レア度3　重量0+

緑色のガーネット。赤色系のガーネットよりも希少価値がやや高い。
透明度の高いものは魔法発動用に人気があり高額になり易い。
楕円状多角形に整形し研磨され、銀の台座に嵌め込まれている。

［カスタム］

台座に呪符紋様『菱』が刻まれている。

【装飾アイテム：足輪】

呵責の足輪+　品質C+　レア度3　AP+6　重量0+　耐久値150　魔力付与品　属性なし

獄卒の足輪。何かの金属。特性は銅や銀に似ているようだ。
装備された足には亡者を呵責する力が宿ると言われている。

［カスタム］

ツァボライトを嵌め込んだ台座を連結して強化してある。

流石(さすが)だ。二つのツァボライトは品質C＋で揃っている。そして呵責(かしゃく)の足輪にセットしてみると予想通り攻撃力が上がっている！

「どう？」

「いい感じですね」

「そう、良かった。大会には出るんでしょう？」

「え？」

「大会前に装備を整えたがるのは誰もが一緒なのよねー」

やはり見抜かれていたか。こういった交渉事になると本職には勝てない。

「生産職の方で出場はあるんですか？」

「臨時で数チーム組んでるわ。本命中の本命で西方面のメンバーで選抜チームを組んでるわよ？」

「それはまた」

恐らく、いや、間違いなく与作がいるな。あれに周囲も高レベルのプレイヤーで固められたら洒落にならん。まあ連携次第だろうけど。

「掲示板でも優勝予想で賑わってるし。チーム戦ともなると色々と楽しそうよね」

「私等は観戦するだけ！　気楽なモンよね！」

　いいなあ。それ、いいなあ！　オレもそういった選択肢が欲しかったです。いずれにせよ大会には参加してたような気もするけどね。

　リックに精算をして貰ってその場を辞去した。雪獣人の骨を使った武器は大会に間に合わないかもしれないが、それはそれで仕方ない。まあ護鬼の装備は斧以外にもある。槌は無明向けになるから大会には関係ない。気長に待つとしよう。

　師匠の家に戻ったのは午後一時。師匠達はいなかった。問題ない、作業の続きだ！

　馬の残月を帰還させて再び人形の文楽を召喚してマナポーションの作製をする事にした。ただマナポーションを短縮再現で作製するにしても限界はある。そう、原料がないと当然作製は出来ない。

　作業の途中でマジックマッシュルームが尽きようとしていた。苦悶草はまだ十分にあるのだが。

　仕方ないので作れる所まで作って、マジックマッシュルームの残りカスをパイロキネシスで焼却した。苦悶草の残りカスは別に残しておこう。

　次は？　瓶の作製だな！

　おかしい。師匠達の帰りが遅い。時刻は午後五時になろうとしていた。時間を忘れて瓶の作製をしていたらその数が凄い事になってますが？

　仕方ない、空瓶の作製は一時中止だ。ポーションの作製に移行しよう。ＭＰバーもまだ半分以上、余らせている。作業途中でマナポーションでＭＰの回復をしていたからだ。余力は十分にある。

《これまでの行動経験で【水魔法】がレベルアップしました！》
《【水魔法】呪文のエンチャンテッド・アクアを取得しました！》
《【水魔法】呪文のフラッシュ・フラッドを取得しました！》

短縮再現を繰り返しているうちに水魔法までレベルアップしている。水魔法の呪文であるフィジカルエンチャント・アクアも短縮再現で使っている記録に入ってるからだ。まあ呪文が増えたのは助かる。

もう夕食の時刻が迫っていた。仕方ない、文楽に食事の用意をさせよう。オレは小休止のついでに持ち物の整理でもしておこうか。

食事の時刻もとうに過ぎてしまった。師匠とジュナさんの分も作っておいたんだが。仕方なくメタルスキンに作った料理を預けておこう。

屋外に放っていた鷹のヘリックスを呼び寄せて帰還、蝙蝠（こうもり）のジーンを召喚する。梟の黒曜と一緒に屋外で遊ばせておこう。

昨日のように庭で対戦、というかトレーニングをしてもいいのだが、今日は作業場で師匠達を待っていたい気分であった。

ポーション用の空瓶作製を続ける。ここからはＭＰバーの消費は考慮しなかった。どうせ後は寝るだけだ。それだけに凄い数の空瓶を短縮再現で作り上げている。

《これまでの行動経験で【ガラス工】がレベル

アップしました！》
早い、よな？　昨日から果たしてどれほどの空瓶を作っていた事か！　まあその殆どは錬金術のメイキング技能の短縮再現で作ったものであるのだから早いのも当然ではある。
空瓶が三百本、目の前にある。次はポーションの作製だ。短縮再現なら十本単位の作業だからそう時間も掛からないだろう。

《これまでの行動経験で【薬師】がレベルアップしました！》
おっと、もしかしてヤバいか？　品質Cに拘って作製を進めるのであればレベルアップは品質が良くなる方向に変動する可能性がある。
まあそこは気にしないで進めよう。何故ならばある予感がする。マナポーションでＭＰを回復させながら作業に没頭し続けていたのだ。短縮再現で【ガラス工】【薬師】とレベルアップが来たのであれば次は何だ？
《これまでの行動経験で【錬金術】がレベルアップしました！》
そう、これがレベルアップするのも必然だ。夜遅くに不気味な笑い声が自然と口から漏れ室内に反響していた。

《これまでの行動経験で召喚モンスター『文楽』がレベルアップしました！》
《任意のステータス値に1ポイントを加算して下さい》
だがこれで終わりではない。ポーション液の補充をしている文楽もレベルアップだ。地味な所でレベルアップしている。補充作業は単純かつ地味で器用値の無駄遣いに感じられるんだが。
おっと、文楽のステータス値で既に上昇しているのは器用値でした。もう1ポイント分のステータスアップは精神力を指定しておいた。

文楽

ウッドパペットLv5→Lv6（↑1）

器用値　27（↑1）
敏捷値　10
知力値　19
筋力値　12
生命力　12
精神力　10（↑1）

スキル

弓
料理
魔法抵抗[微]
自己修復[微]

文楽はスキルが四つだけで寂しくはあるが良しとしよう。クラスチェンジに期待だ。

師匠達が戻ったのを外にいる黒曜とジーンが察知したようだ。時刻は午後十一時。オレは回復丸を作り終えた所だった。

「あらーキースちゃんったら、こんなに遅くまで待っててくれたの?」

匂うぞ。間違いなくアルコールが入っている。ジュナさんの様子は普段と変わってないように見えるが足元がやや定まっていない。

「おお、まだ起きとったのか」

師匠の方はまだ分かり易い。顔が赤くなるんですね。いい気分なのが一目で分かる。

「ドワーフと飲み比べとか無謀ー」

「儂は止めましたぞ?」

「んー」

「ささ、荷物は先に出しておきましょう」

「分かってるってー」

「すまぬが机の上を空けてくれるか?」

「はい」

作業台上の道具を片付けると、ジュナさんが《アイテム・ボックス》から空瓶を取り出していく。

凄い数だ。ポーション用、それにマナポーション用の空瓶が次々と! つか交ざっていて分かり難(にく)い。メタルスキンが選(よ)り分けていくのをオレと文楽も手伝った。数は恐らく、各々が四百本以上はあるかな? どうなっている?

「すまぬが棚に収めておいてくれ」

「はい」

これも手分けして棚に収めた。恐らくは、何か依頼を受けたのだろうが、この量は一体？

「これ、依頼ですか？」

「数に上限なしでな。冒険者が集まる機会を前に出来るだけ数を揃えたいそうじゃ」

「で、納期は？」

「大会開催中に可能な限り、じゃのう」

ジュナさんはいつのまにか作業台に顔を伏せて寝てしまっている。天下泰平。そんな言葉が頭に浮かんだ。幸せそうで何よりです。

「客室に連れて行け。慎重に、じゃ」

メタルスキンがジュナさんを抱える。お姫様だっこだな。

「むー、キースちゃんの方がいいー」

お断りです。メタルスキンにそのまま運ばれちゃって下さい。つか起きてたんかい！　ジュナさんはブツブツと何やら文句を言いながらも物言わぬメタルスキンに運ばれていった。いい仕事をしている。食べる機能があったら色々と奢(おご)ってあげたい気持ちになる。

「これはまた結構な数を作ったようじゃな」

師匠は棚に並べてあるポーションとマナポーションを眺めていた。勿論、品質Cで揃えたものとそれ以外のものは分けてある。

「こっちはそのまま納品出来るの」

「そうですか」

「ルグランからせっつかれておるでな。明日も瓶作製を頼めるかな？」

「まあ、なんとか」

「うむ。こっちの品は全部お主が使って良いぞ」

師匠が品質C以外のポーションとマナポーショ

ンを杖で指し示す。ある意味、目論見通りだ。暫くの間はポーションも、そしてマナポーションにも不自由しないだろう。

「すまんの。お前さんも大会に出る前じゃし鍛錬しておきたいのであろうが」

「平気です」

「まあ続きは明日にしておこうか」

師匠も眠たそうだ。ゆっくりと地下へ降りていく。オレも休んでおこうかね。

再びログインしたのは午前六時。ＭＰバーも全快している。明日は早くも予選か。慌ただしい事だ。

今日はどうする？　師匠の手伝いで、というのはもう決めてある。ポーションはさておき、報酬代わりに貰えているマナポーションは実に魅力がある。品質Cをわざと外したくなる程だ。

おっと。召喚を先にしておこう。人形の文楽、鷹のヘリックス、梟の黒曜、狐のナインテイル、蛇のクリープと召喚した。さて、参りますか。

作業場では早くも作業が始まっていた。ジュナさんも師匠もマナポーションの作製のようだ。メタルスキンが出来上がっていくマナポーションを次々と棚に収めている。棚がもうそろそろ埋まりそうな勢いだ。

「おはようございます」

「あら、おはよー」

「うむ」

師匠は真剣な表情を崩さない。しかしまあ、あれだ。昨日、オレがマナポーション用に作っておいた空瓶が殆ど無い！

オレと文楽が瓶整理を引き継いだ。メタルスキンは作業場から退出する。食事を作るのだろう。

「こっちは終了しましたぞ？」

「今やってるので終了ー」

なんと。ザッと【鑑定】してみたが品質Ｃから外れた出来が殆ど無い。一本だけしか品質Ｃ＋を見なかったぞ？

「食事を終えて少し作業をしたら納品に行くのでな。瓶の作製を進めておいてくれ」

「はい」

「今日は遅くならないと思うわよ？」

「師匠、巡検使は放っておいていいんですかの」

「へーきへーき」

しかしまあ、なんだ。二人とも昨日は酔っ払っていたんだよな？　よく騎乗したまま戻ってこられましたね？　酒酔い運転はダメですよね？

おっかない人達だな！

棚にあるポーションとマナポーションをジュナさんと師匠が次々と《アイテム・ボックス》に放り込んでいく。まるで魔法だ。いや、魔法のある世界なんだから問題ないのか。

「では食事じゃな」

メタルスキンが料理を運んできていた。昨日、文楽が作っておいた料理に少しメニューが追加されている。食材を無駄にしないのはいい事だ。

食事の間はジュナさんの独演会に近い状況になっていた。こう言っちゃなんですが愚痴大会ですね。槍玉に挙げているのは巡検使の代表となっている王族だった。そして本国のお偉いさんか。

どうやら冒険者ギルドに先行して探索を進めさせているのは、とある王家の意向のようだ。

王家は支援を行う。

冒険者ギルドは冒険者達を送り込む。

どうも送り込まれる冒険者、というのがプレイヤーという事になるのかね？

愚痴は続く。王家にとって冒険者を目指すような輩(やから)は始末の悪い連中に見えるようだ。王権に従おうとしない存在。領内の魔物を討伐してくれているから見逃しているだけだ。そうでなくとも犯罪者のような者も紛れ込んでいるのだから元から受けが悪いようだ。冒険者ギルドがこの大陸に進出したのは王家との妥協の産物のようです。


かつて、巨大な領土を有しながら魔物によって滅ぼされた帝国領土。即(すなわ)ち、海の彼方(かなた)の大陸を探索する事がこのゲームの舞台そのものになってる訳か。

冒険者ギルドは人を出す。

王家は資金と資材を出す。

そういった取り決めで五十年近くが経過。数は少ないものの、移民も進んでいる。王家は定期的に巡検使を派遣し、探索の進捗状況を確認しているのだとか。だが今回は毛色が違っているようである。巡検使のトップが王家の人間だからだ。


「あれをここの領主にしたがってるバカ共が多いみたいなのよねー」

「バカ共？」

「そのバカ共と付き合いたくなくての。儂はこっちにおる訳じゃが」

「ねー私の代わりに枢密顧問やってくんないかな？　私ってばここが気に入っちゃった！」

「お断りですな」

「宮廷魔術師が嫌いだったのかしら？」

「知れた事ですのう」

「私も！　あと王家の連中も！　ちっちゃい頃は可愛(かわい)かったのにー」

領主、ね。確かにそういった存在は見た事も聞いた事も無い。王族、ねえ。王権支配を強めるだけの価値があるのかどうか。それを見に来ている、とか？　これも運営の仕掛けなんだろう。

「師匠が大会開催をそそのかしたのは何故ですかのう？」

「ひーみーつー」

これも謎だ。運営の仕掛けか？　こっちは自信ないです。

では作業だ。今日は師匠の指示で、マナポーションの空瓶を重点的に作る事になった。無論、短縮再現を駆使してだ。MP回復にマナポーションの使用許可を貰っちゃいました。品質C以外なら、という条件付きではあるが。

師匠達はポーション作製をサクサクと進めていく。メタルスキンと文楽が空瓶に次々と液を注いでいった。一時間ほどで大量のポーションが作製され、あっという間に師匠達の《アイテム・ボックス》に消えている。実に恐ろしい速度だ。

「では、レムトに行って来るでな」

「空瓶作製は任せた！」

師匠達はあっという間に納品に出掛けてしまった。静かになるとそれはそれで寂しくもある。

おっと。空瓶作製だ、空瓶作製！　倉庫からメタルスキンと文楽と手分けして原料を運び込むと作業を開始した。昨日と比べて、少しは効率が良くなっているかね？

昼食を挟んで空瓶作製を続ける。昨日【ガラス工】に【錬金術】がレベルアップした成果なのか短縮再現で減るMPバーの幅が少なくなってる？いや、かなり微妙な差ではあるが。

《フレンド登録者からメッセージがあります》

『つい先刻、不動が武器二点を作製しました。申し訳ありませんが、受け渡しは明日レムトの町でどうでしょう？』

誰かと思ったらリックでした。ほう、出来上がったのね。無明用の槌はさておき護鬼用の片手斧が間に合ったのは良かった。データが添付されてないが、まあお楽しみって事でいいだろう。了解、と短く返事をしておく。全ては明日だ。

「おお、かなりの数が出来たの」

「じゃあ始めるわよー」

「急ぐんですね」

「さっさと終わらせて大会見物をしたいのでな。文句は言わせんぞ」

「遊ぶための努力は惜しんじゃダメなのよー」

時刻は午後三時、師匠達が戻りました。行動は立派だな。目的意識には大いに疑問はあるが。オレは引き続き空瓶作製だ。師匠とジュナさんがマナポーション作製。それは夕食を挟んで延々と続くように思われた。

《これまでの行動経験で【ガラス工】がレベルアップしました！》

午後九時頃にガラス工がレベルアップしたが構っている余裕など無い。空瓶が足りない！

いや、作り溜めてあるから、五十本以上、余裕はあると思う。もう本日何度目かのマナポーションでMPバーを回復させながら驚愕せざるを得ない事がある。師匠も、ジュナさんも、マナポーションを使っていない！　どんだけ余裕なんですか、この人達って。

「ふむ。こんな所で良いじゃろう」

《ＮＰＣ依頼のサポートによりボーナスポイントに2ポイントが加算されます。合計で27ポイントになりました》

午後十一時になって作業は終了した。そしてボーナスポイント、増えちゃいました！

それに品質Ｃ以外のマナポーションも少し増えたんだが、いいんですかね？　まあ貰えるものは有難く貰っておこう。

「明日は朝食を摂ってから一緒にレムトに行こうかの」

「はあ」

「まあ普段通りの時刻に起きてくるんじゃな」

「分かりました」

そうか、もう明日なんだよな。大会前にトレーニングをやっておきたかったが、出来なかったか。

まあそれも仕方ない。

「明日からは儂はルグランの所に泊まり込む事になるじゃろ」

「私はゲルタちゃんトコに行くー」

「ま、お主は好きにして良いぞ」

はあ。まあ元々、そのつもりですけどね。

師匠達とは作業場で別れてオレはログアウトする事にした。もう夜も遅い。明日の試合は十時だったかな？　開会式はまあ間に合わなくてもいいし、気は楽だな。

そう、気を楽に持とう。普段通りでいいのだ。

平常心、平常心。

ログインした時刻は午前五時半。普段よりも早いかな？　だが師匠達はもっと朝が早かった。人形の文楽だけを召喚して作業場に降りると既に起きていた。机上には回復丸が並んでいる。これを作っていたのか。


「おお、早いの」

「おっはよーさん」

「おはようございます」

師匠が合図したのか、メタルスキンが食事を机上に並べていく。早いって。文楽の活躍の場がなくなってしまいました。


「さて、今日から予選じゃが」

「はい」

「まあ気楽に、な」

「そのつもりです」

「楽しみー」


食事をさっさと摂り終えると早速移動となった。早い。だから早いって！　子供か！　どうせいい席は確保してるだろうに何を急ぐんだか。

師匠はバトルホースを召喚する。ジュナさんはスレイプニルだ。オレは文楽を帰還させ馬の残月、鷹のヘリックス、梟の黒曜、狐のナインテイル、妖精のヘザーを召喚した。

早速、移動する事になったのですが、師匠達が本気で飛ばし過ぎ！　街道に出たら急に速度を上げた。フィジカルエンチャント・ウィンドで残月を強化して駆けさせた。

まあなんだ、スレイプニルを近くで見てる訳ですが近くで見ると凄いですよ、こいつ！　筋肉、それにパワー。そんな言葉しか浮かばない。こいつに蹂躙(じゅうりん)されたら簡単に死ねそうです。

急ぐ師匠達には魔物も襲ってこない。うん、それが正解だろうね。この人達に戦いを挑もうとか、無茶を通り越して無謀です。

　レムトの町に到着。これまでになく人が多い。通行の邪魔になりそうだし残月はここで帰還させた。師匠達も同様にバトルホースとスレイプニルを帰還させている。

「人が多いの」

「まあ当然ですね」

「うーん、この雰囲気はいいわー」

　師匠が先導して新練兵場に向かった。

《フレンド登録者からメッセージがあります》

　おお、リックからだ！

『今レムトで露店やってます。本日の夕方までなら受け渡しが出来ます』

　うん、今から行きますって。

「では師匠、私はここで」

「うん？　野暮用かの」

「まあそんな所ですかね」

「うむ、では試合場での活躍を楽しみにしておるからの」

「まったねー」

　師匠達に一礼して別れる。普段、屋台が連なる場所に向かおう。果たしてどんな武器になったんだろうか？


　リックの露店はそこそこ賑わっていた。明らかにプレイヤーが多い。品揃（しなぞろ）えは革製の防具が充実しているようだ。【鑑定】してみると闘牛シリーズ、茶色熊シリーズといった所だ。

「ども」

「ああ、キースさん。狭いですが裏へどうぞ」

店番をしている不動とヘルガとは目礼で済ませる。リックに促されて露店裏に案内された。

「物は預かってます。これですが」

渡されたのは槌、そして斧だ。

【武器アイテム：片手槌】

轟音の槌　品質C+　レア度5　AP+14　破壊力3+　重量1+　耐久値160　鍛冶スキル補正効果[小]

雪獣人の骨に鍛鉄と鋳鉄のハンマーヘッドを括り付けた槌。

ハンマーヘッドの重さに対して柄は長くて軽く使いこなすのは難しい。

叩くと骨の中で重低音が反響する。投擲には向かない。

【武器アイテム：手斧】

轟音の鉈　品質B-　レア度4　AP+17　破壊力3　重量1+　耐久値180　攻撃命中率上昇[微]

切れ味よりも重量で叩き割る事に便利な武器。

柄に雪獣人の骨が使われている。

与えたダメージが大きいほど重低音が響く。

早速だが【鑑定】してみた。各々、かなり強化されてるよね？

「素材の入手先はまあ予想はつくんですが、現在この武器の情報は保留にしてあります」

「うん？」

「轟音の槌の方です。響音の槌が作られた最初の頃と同じ構図ですね」

ああ、アレか。鍛冶スキル補正効果【小】って所に目がいってなかったな。

「轟音の槌はもう一本、作らせてあります」

「また採めそうですか？」

「いや、今回はそこまでいかないでしょう。響音の槌が数多く出回っている事もありますが」

「え？」

「いずれ、時間は掛かるでしょうが、この轟音の槌も出回るようになるでしょう」

そういう事か。でもすぐではないだろうな。ウェンディゴの居場所は再度探索が必要だし見つけたからといって狩るのは大変だ。それでもいずれは狩られるんだろうけどな。

「骨の入手先は概ね想像出来ますし、そう焦る事もないですけどね」

「そうなんですか？」

「まあ欲しい事には変わりはないですが、焦ってはいない、といった所ですかね？」

ならばウェンディゴが何処に行ったのか、調べに行くのも悪くない。探索してない洞窟もあるし。

「でもまずは大会、ですよね？」

「まあ、そうです」

「頑張って下さいね」

「微力を尽くしましょう」

そう、普段通りでいい。普段通りでいいのだ。

町の中はＮＰＣも多いしプレイヤーも当然だが多い。観客入り口はかなり混んでいた。新練兵場の受付前には出場するパーティが集まっていたが、混み合っているという程ではない。


「おっはー！」

「おはようございます」

「ああ、おはようさん。早いんだな」

そこにはアデルとイリーナがいました。


「昨日はここで泊まってましたー」

「ゲルタ師匠の所でお世話になってますので」

「大会期間が終わったら師匠のお手伝い決定！」

ほう、ゲルタ婆様の所に世話になっているのか。

それはそれで色々と大変そうだよな。


「受付時点で召喚モンスターは出場する布陣にしなきゃいけないみたいですよ？」

「ほう、そうか」

イリーナに教えられた事だし、いい機会だ。布陣を変更しておこう。ヘリックス、黒曜、ナインテイル、ヘザーを帰還させる。狼のヴォルフ、ゴーレムのジェリコ、大猿の戦鬼、鬼の護鬼、スライムのリグとを召喚した。護鬼には轟音の鉈を渡しておいて、響音の鉈は《アイテム・ボックス》に入れておく。


「この布陣だと後衛は護鬼だけなんでしょうか？」

「護鬼ちゃん、前衛も出来そうな装備なんだけど」

これこれ。確かに後衛って誰がとツッコミたくなる布陣だ。でもオレを忘れてないか？　まあオレは後衛をするつもりは皆無だが。

「で、二人が組んでその布陣か」

「ええ」

「当たって砕けろ！って感じです」

アデルの傍には虎のみーちゃん、狼のうーちゃん。イリーナの傍には蛇のトグロ、虎の三毛。

モフモフ成分が多過ぎ！

「で、二人が後衛、召喚モンスターが前衛か」

「そうですね」

「速攻で行きます！」

確かにこの布陣ならば狙いは明白だ。三匹の猛獣を前面に立てて襲い掛かるって事になるだろう。蛇のトグロに何をやらせるかは謎だが。

「試合は何時になってる？」

「九時四十分開始、新練兵場C面ですね」

「私より先だな」

「キースさんは？」

「十時丁度に開始、新練兵場A面だな」

「じゃあ一緒に試合見物出来るね！」

二人が何か含むような顔で互いを見る。何を企んでいるのかね？　では先制するとしよう。

「サモナー同士で何かするとか言ってなかったか？」

「え？」

「う、うん、勿論！」

「策を弄さずとも今日は顔を見せるから気にしなくていいぞ」

二人とも呆けたような顔をしている。

先制攻撃成功？

「拉致ろうと思ってたのに！」

「昨日もやってたんですけど、キースさん来ないし」

「それは悪かった。時間は？」

「ゲーム時間で午後五時です。夕食も出ますので」

「ま、大丈夫だろう。それまではどうするんだ？」

「試合見物、ですね」

「私も同じだ。一緒に行動するか？」

顔を見合わせる二人。そして同時に叫んだ。

「「勿論！」」

おお、久々にハモってますな！

通された控え室は混雑していた。まあそりゃ当然か。試合数に対して出場するプレイヤーの数は多い。個人戦だった前回は寂しかった控え室が満杯になりそうだ。早々に装備だけ確認する。アデルとイリーナも息苦しそうであった。

「試合会場の方に出ているか」

「そうですね」

「汗の匂いがー！」

まあそうだよな。ここは息苦しい。

試合会場では開会式が始まっていた。ギルド長が雛壇(ひなだん)で開会宣言を読み上げているようだ。その隣にジュナさんがいる。そしてゲルタ婆様に師匠もいるな。だが気になるのは周囲の視線だ。

見られてる。

見られてる、よね？

開会宣言が終わると拍手が鳴り響いた。時刻は午前八時三十分。早速、試合が開始となった。

控え室の傍(そば)で壁を背にしながら見物する。ここからだと視線を転じたらA面とC面を同時に見る事が出来た。いいポジションだ。オレの隣にアデル、その向こうにイリーナ。召喚モンスター達はオレ達の周りを囲んでいる。誰も寄って来ない。まあ大猿の戦鬼がいるからな。

　虎二匹と狼二匹に囲まれてアデルはいい気分なのだろう。ちょっと危ない表情のままだ。試合、ちゃんと見とけよ？


　試合はどれも興味深い内容であった。戦闘ログも傍目(はため)で見ているが、武技も呪文も乱れ飛んでいてそちらを把握するのは難儀だけどね。一つの試合場で一チーム六名、二チームが戦っているのだから仕方ない。それでも戦いの傾向はハッキリと分かる。注目すべき戦いも当然ある。

　速攻投射型。

　距離があるうちに弓矢と呪文の先制攻撃から押し切る戦法だ。後衛に弓矢持ちを揃えているパーティがやってました。前衛は所々で壁呪文を行使しながら相手の接近を食い止め続ける訳だが、これって前衛の負担が凄いぞ？　まあ戦い方としては十分にアリだろう。

　堅守型。

　試合場で戦線を確保しながら圧迫し続ける戦法だ。後衛は前衛を呪文で支援、前衛は前進しながら迎撃中心に戦い続けていた。これはまた地味なスタイルだが、堅実に勝ちを狙うにはいいのだろう。ただ隙を衝(つ)かれないよう、色々と注意を要する気がする。

　機動包囲型。

　見ていた中で一番気に入ったのがこれだ。試合開始と同時に左右に展開、相手を半包囲する戦法だ。個々の能力に依存するが効果は大きいように見える。だがリスクも大きい。壁役の枚数が極端に少ないから後衛の守りは当然薄い。危うく後衛が潰されそうになっていたぞ？　まあこれも工夫次第、だよなあ。

　攻撃特化型。

　これも考え方はシンプルだ。まっすぐに、ただ、まっすぐに相手に向かい、力で突破する戦法だ。これをやってたパーティなんだが、前衛が全員、ドワーフでした。メンバーの特性を活かせたら、効果が高いだろう。

　バランス型。

　これが一番多い。まあ当たり前だな。多様な状況に対応出来るように組まれたメンバーで構成している。それ故に穴が少ないのは、まあ分かる。どうも戦い方が上手くいってない所が多い。反対に指揮系統がしっかりしているチームだとかなり強いな。相手の弱点を衝く手段を何らかの形で見出せるからだろう。侮れない。

　で、オレはどのタイプになりそうなのか？　攻撃特化型、それに機動包囲型を組み合わせた形になるだろうか？

　それに数こそ少ないが武技も呪文もより上位のものが使われている。特に全体攻撃呪文は逆転の一手になるパターンもあった。それにレベル10呪文の効果が大きい。武技も連続で放たれたら面倒極まる存在だろう。まあ、あれだ。戦う前から色々と心配してみた所で仕方ないんだよな。

　普段通り。

　普段通りで行こう。

「アデルちゃん、そろそろ私達の出番みたいよ？」

「おっしゃー！　行ってみようか！」

　時間の経過が速い。もう二人の出番とは！　職員さんが呼んでいました。いや、試合進行が速くて前倒しで試合を進めているらしい。時刻は午前九時二十分か。確かに試合の決着が早めに付いている所が多い。

　無論、アデルとイリーナの試合の様子は戦闘ログでも見るのだが、生で戦いを見る方がずっといいだろう。だが戦闘ログでしか分からない事もある。互いの戦力比較、その概要だ。まあ大した事は分からないんだけどね。例えば、アデルとイリーナの場合、こうなる。

？？？　レベル9
サモナー　待機中

フォレストタイガー／？？？　レベル1
召喚モンスター　待機中

ウルフ／？？？　レベル6
召喚モンスター　待機中

？？？　レベル9
サモナー　待機中

ヴェノムパイソン／？？？　レベル1
召喚モンスター　待機中

タイガー／？？？　レベル6
召喚モンスター　待機中

まあ分かると言ってもこれだけだ。プレイヤーの名前が分からない仕様は変わらない。では対戦相手はどうか？

？？？　レベル11
ファイター　待機中

？？？　レベル10
ファイター　待機中

？？？　レベル9
ファイター　待機中

？？？　レベル10
ハンター　待機中

？？？　レベル11
ソーサラー　待機中
？？？　レベル12
トレジャーハンター　待機中

やはり分かる範囲はこれだけだ。だがこれに装備を見比べたら幾らか分かる事もある。誰がキーマンであるのか、だ。

前衛のファイターはそれぞれ種族は人間。装備は重装備ではない。そして後衛は三名全員が弓持ち。恐らく、戦闘スタイルは速攻メイン。前衛もそこそこの機動力を活かす、といった所か。後方から戦況を見て指示を出す奴がいる筈だ。多分、トレジャーハンターだろうな。後衛で並んだ真ん中にいるし。

おっと、そろそろ試合開始のようだな。


試合開始。同時に全員が動いた。

いや、イリーナだけが動かない？　矢を番えたまま時間差で動き出す。アデルは？　右へ移動しながら牽制で矢を放っている。

だが本命の戦力は召喚モンスター達だ。狼のうーちゃんが先導する。その後方から虎の三毛とみーちゃんが続く。あれ？　トグロは？

いた。みーちゃんの向こう側にいるようだ。対戦相手からは矢が次々と放たれている。半分の矢は喰らっている筈だ。だがそれを無視して進む。

『ガァ！』

『グラゥ！』

『ガァァァ！』

三匹が足を止め同時に吠えた。そしてトグロが前衛に突っ込む。いや、前衛をすり抜けた！

勝負はそこで決まっていたのかもしれない。後衛陣が目に見えて混乱した。トグロがソーサラーに巻き付いて首元を噛んだ。そしてソーサラーに巻き付いたまま、周囲を睥睨する。焦った。丸呑みにするのかと思ったよ！　前衛も後衛が混乱しているのに気が付いていていたのだろう。後ろを気にしてしまっていた。


『グラベル・ブラスト！』

『ファイア・ストーム！』

前衛の三名にアデルとイリーナの全体攻撃呪文が放たれた。そしてその三名に猛獣が襲い掛かった。その後は蹂躙されるがままになった。相手は武技も呪文もまともに使う事が出来ず、最後はギブアップで終了である。試合時間は三分となかった。完勝、と言っていい内容だろう。


「勝利ッ！」

「キースさん、どうでした？」

「良かったんじゃないかな？」

「まあ、唯の力押しでしたけどね！」

「でも相手の反応がちょっと思わしくなかったみたいで」

そう。イリーナの言う通り、相手の反応は明らかにおかしかった。普段から魔物相手に戦っているのであれば、面食らうような状況でもなかっただろう。むしろ、レベルだけで比較したら相手の方が格上だったように思える。

対プレイヤーで作戦を考えていたのが無駄になった、とか？　召喚モンスターに対する戦い方でコンセンサスがなかった、とか？　理由は分からないけどな。


「アデルちゃん、戦闘ログ保存しとかないと」

「おお、反省会もあるもんね」

「今のでレベルアップ、した？」

「うん。私も、それにうーちゃんも！」

「私も。それに三毛も、ね」

「ステ振りしとかないと！」

「それに次の召喚モンスターを何にするかも考えておきたいわね」

おお、今の対戦でレベルアップしたのか。口振りからすると【召喚魔法】もレベルアップしているようだ。まあ相手は格上だったようだし、得られた経験値が良かったのかもしれない。次に何を召喚するか、相談する二人だがオレの出番が迫っている。職員さんに呼ばれていた。


初見の職員さんにＨＰＭＰを全快にして貰うと試合場に向かった。オレの相手は試合場の対角線側に六名いる。装備を見ると堅守型か？　後衛に弓持ちも二名いるから速攻投射型の要素もあるだろう。気になるのは前衛だ。

明らかに重武装。中央は片手剣。右にいるのは片手斧。左は片手棍。しかも中々、凝ってる。

？？？　レベル12
ファイター　待機中
？？？　レベル12
ファイター　待機中
？？？　レベル12
ファイター　待機中
？？？　レベル12
トレジャーハンター　待機中
？？？　レベル12
ソーサラー　待機中
？？？　レベル12

ソーサラー　待機中

しかもレベルが揃ってる。うむ、美しい。

いい数字の並び方だね！

開始十秒前。オレの方針は既に定まっていた。

如何に普段通り、戦うか。

普段通りに。

そう、それでいい。

だからこそ召喚モンスターへの指示も定まっている。放流です。判断は任せた！

突撃して良し。

支援して良し。

防御して良し。

オレに良し。

オレの装備も普段通りだ。呵責の杖を片手に持って深呼吸を一つ。開始三秒前。

互いに。

礼。


「始め！」

開始と同時にオレは駆け出していた。

「練気法！」「メディテート！」「ブレス！」

武技を次々と繰り出しながら前を注視する。

呪文を選択して実行しながら相手を見る。

注意深く、見る。

ヴォルフは一気に試合場の中央に到達。

そのまま突っ込んだ。

おい、はえーよ！


「グラビティ・バレット！」

この時空魔法の攻撃呪文にした理由は？

実際に喰らっているプレイヤーは少ない。

その筈だ。

情報のみで呪文を知っているのと、実際に喰らっているのではまるで違う。オレはそう思う。

呪文は前衛に直撃。転ぶまでには至らなかったがそれで十分。ヴォルフは前衛に出来た隙間をすり抜けて後衛に襲い掛かっていった。

『ツイン・シュート・バースト！』

トレジャーハンターの放つ矢がオレに飛んでくる。狙い撃ちだな。

次々と矢が飛んでくる。

半分は当たってるが気にしない。

痛いけど！

後で倍にしてお返ししてあげよう。

オレの次の手は？

既に決めてあったのですよ。

「スペル・バイブレイト！」

ギリギリ、間に合ったか？

後衛二名の呪文はキャンセル出来た。

前衛は一名、まだ呪文詠唱していたし、レジストされたようだが十分である。

後衛から潰してやろう。

オレの攻撃呪文を喰らった奴は不運続きだ。

体勢を立て直した所に戦鬼が迫る。戦鬼に殴られた挙句、腕を摑まれて振り回されてしまう。

斧持ちの前衛も不幸だった。戦鬼に攻撃したはいいが、そこにはリグがいた。攻撃を無効化されたのはまだ良かっただろう。そのまま電撃を喰らっている。

おっと、前衛は任せた。オレは後衛を潰す。

狙うのは？　トレジャーハンターだ。

ヴォルフは既にソーサラー二名を翻弄しているようだしな。それに先刻の矢の直撃のお礼はしておきたい。

矢が至近距離から放たれた。

だが焦りが狙いを狂わせているようだ。

外れた。避けるまでもない。

同時に腰の剣を抜いた所は見事だと思う。

その柄元を杖で突く。

杖を反転させて頭を打つ。

そのまま肩で押し込んで足を払った。

転んだ所で右手を踏む。

剣を手放したのを確認。


「ブランチ・バインド！」

木の枝が地面から次々と生えてトレジャーハンターに絡み付く。本音を言えば関節技にでも移行したいがこれはチーム戦だ。後回し！


　オレに背中を向けていたソーサラーの後頭部を杖で思い切り殴って昏倒させておいて前衛の様子を見る。片手棍の奴がオレに突進していた。

　体を半身に捌いて凌ぐ。

だがこいつもすぐに無力化されるだろう。

ジェリコが背後にいるのが見える。


　戦士さん、後ろ後ろ！

　数秒後、その戦士は戦闘から除外された。ジェリコが振り下ろした拳は頭を直撃。首が胴体にめり込むように見えたんですが気のせいだよな？

きっと死んでない、と思う。

　まともに動けているのは意外にも剣持ちの戦士だった。戦鬼とリグを相手に盾を使って良く凌いでいた。だがジェリコまでは同時に相手に出来ていません。両肩をジェリコに掴まれてしまうと戦鬼の拳が何度も腹に直撃してる。イジメかな？

　ソーサラーは？　一名はヴォルフに仕留められていたらしい。昏倒していた一名は護鬼に仕留められていた。片手斧を持っていた戦士もどうやら戦闘除外になっている。戦鬼が仕留めたか？

　つまりオレの獲物はブランチ・バインド相手にもがいているトレジャーハンターだけだ。ただヴォルフと護鬼が襲いたがっている。ブランチ・

バインドが邪魔なので控えているだけです。ダメ、オレにもう少し暴れさせて！

だがヴォルフ達の望みは叶わなかった。オレの願いも空しかった。最後に残ったプレイヤーがギブアップしてました。ブザーが鳴り響いてインフォが流れていた。

《試合終了！　戦闘を停止して下さい！》

試合場に一礼を残して試合場を後にする。相手も皆、揃って礼を返していた。すみません、こっち側の召喚モンスターは礼をしてなくて。とか思ってたらヴォルフが首を縦にブンブン上下させてますけど？　そこまでしなくていいから！

《只今の戦闘勝利で【召喚魔法】がレベルアップしました！》

《只今の戦闘勝利で【時空魔法】がレベルアップしました！》

《只今の戦闘勝利で【身体強化】がレベルアップしました！》

《只今の戦闘勝利で【精神強化】がレベルアップしました！》

《只今の戦闘勝利で【高速詠唱】がレベルアップしました！》

《只今の戦闘勝利で種族レベルがアップしました！　任意のステータス値二つに1ポイントを加算して下さい》

《ボーナスポイントに2ポイント加算されます。合計で29ポイントになりました》

《予選第二回戦に進出しました！　第二回戦は明日午前十一時、臨時試合場C面の予定となります》

色々とレベルアップしてます。職員さんにHPMPを全快にして貰いながらステータス画面を確認する。まずはさっさとステータス値に加算しておこう。

基礎ステータス
器用値　18（↑1）
敏捷値　18（↑1）
知力値　24
筋力値　17
生命力　17
精神力　24

これは規定路線だ。次は筋力値と生命力の予定である。六の倍数で揃えば美しい！　その次は知力値と精神力と決めてある。九の倍数になるまで進めたい。だがそこからが悩ましい。七の倍数で揃えるか。いっそ十の倍数で揃えるか。その前にクラスチェンジの可能性もあるかな？

　ボーナスポイントも溜まっていく一方なんだよな。かと言ってステータスに振ると数が揃わなくなってしまう。二つ一気に上げるだけ、溜まってくれたらいいんだが。

　それにアデルとイリーナと同じ悩みが発生しました。新たな召喚モンスター、どうしようか？

「まずは初戦勝利ですね、おめでとうございます」

「試合時間、二分なかった！」

「そうだったか？」

　いやいやいやいやいや。君等の試合時間も三分となかったと思うが。それよりもだ。試合が終わった出場者に職員さんの目が厳しい。控え室周辺から退散しよう。改めて観客席に移動した。

　十分ほど待たされたが観客席で観戦する事になった。無論、召喚モンスターの陣容は変更してある。今のオレは鷹のヘリックス、梟の黒曜を両肩に止まらせている。蛇のクリープはオレの背中を這い上がっていた。妖精のヘザーはイリーナに愛(め)でられている。狐のナインテイルはアデルに撫(な)でられて気持ち良さそうだった。

　君達、自分の召喚モンスターがいるだろ？　オレだけでなくアデルもイリーナも召喚モンスターは体軀が小さい面子(メンツ)にしている。他の観客の邪魔にならないように、という配慮なんだが。

　アデルは狐のきーちゃん、梟のふーちゃん、鷹のたーちゃんを従えている。イリーナには鷹のスカイアイ、梟の白夜(びゃくや)、妖精のミュレがいる。本当はもう一体、同時召喚出来るようになっているのだが、観戦の邪魔になりそうなので控えている。

　でもね、猛禽類(もうきんるい)が六羽いるだけで十分ですよ。周囲の観客の視線が痛い。

　昼飯を挟んで試合観戦を楽しんだ。そう、非常に楽しいものであった。戦術が同じように見えて、個々の能力が違い相手も違えば当然ながら展開が違ってくる。面白い。対戦チーム間でレベル差があってもレベルの低い方のチームが勝つ事もある。これは面白い！　サモナー三名と召喚モンスター三体のチームとか、面白過ぎ！

　それだけではない。精霊も登場している。これがまた興味深いのだ。例えばサラマンダー。その攻撃力は高く攻撃呪文か呪文の支援がないと倒せないから非常に厄介だ。ただその効果も術者の力量次第のようである。精霊も二分程で消えてしま

う場合があった。術者が先に倒れると精霊も消えてしまう所は召喚モンスターと同じだ。

　他にも何例か、精霊の戦い振りを見る事が出来た。実に尖った存在だ。精霊の能力を十全に活かせないとたちまち戦況が不利になる傾向が強い。その一方で効果的に利用出来れば非常に強力だ。


「精霊も凄いですよね」

「シルフとウンディーネって可愛い！」

「アデルちゃん、そこじゃないでしょ？」

　まあ二人はこんな感じでしたけどね。


　サモナー二名に召喚モンスター四体のチームの対戦も見物であった。ウッドゴーレム二体を壁にして虎と狼で攻撃を仕掛けるスタイルだった。牽制、というか陽動で回り込んだトレジャーハンターにサモナーが倒されてしまい、一気に劣勢になっていた。そう、召喚主のサモナーが先に倒れると支配下の召喚モンスターも無力化してしまう。まあ普段からこの仕様なのだが。目の当たりにするとその意味が違ってくる。

　サモナーのいるチーム相手に戦うにはどうするか？　当然、先にサモナーを狙う、よね？　皆が同じ事を考えるだろう。


「キースさんの場合はちょっと対策が難しい？」

「後衛ならまだ対策は立て易いですけど」

「そうだな」

　アデルとイリーナが言いたい事は分かる。オレの場合、前に位置してるから狙われ易いよね？　分かっている。分かっているんだ。

　だがそれもどうにかなるかもしれない。混戦に持ち込めるかどうかが鍵かな？　オレの意図するのはそこだ。高レベルのメンバーを揃えたチームが敗北するのも連携面から崩されているように見えた。そこが狙い目だ。

だがオレにも一つ、懸念事項がある。ジェリコの機動力だ。工夫が出来る可能性は？　今夜にでも試してみたい。

時刻は午後三時。既にD面とE面は予定されていた試合が前倒しで終了していた。速いって。観客席に移動してからはB面とD面が見易い席だったから自然とB面の試合に集中する訳です。漁師が前衛に揃ったチームが目に入る。その試合は瞠目に値する内容であった。

蹂躙。それは蹂躙だった。投網凄いな！　相手側の前衛が行動阻害され過ぎです。

三名並んだ漁師のうち、真ん中だけレベルが低いのが気になるが、非常に安定した戦い振りに見える。恐らくは【投擲】の効果だと思うのだが、前衛を投網で搦め捕った後、後衛にも銛を投げて攻撃していたのがまた凄い。相手チームは武技も呪文もまともに使えずに終わっている。

強い、というよりも上手いな。オレならあの相手とどう戦うべきか？　うん、考えるまでもないな。機先を制する以外にないだろう。

最後の試合はA面になった。遠目でしか見られなかったが、珍しく時間切れ判定になった。試合終了後、会場には拍手が鳴り響いた。今日だけで一回戦の大部分が終了した訳だ。一会場だけだが、じっくり観戦出来たのは大きい。

「では行きましょうか」

「移動、移動！」

おお、そうか。サモナー同士で召喚モンスターのお披露目をやるんだっけ？

「場所は近いのかな？」

「馬で移動ならすぐですね」

「さあ、どれだけ来るかなー」
　蛇のクリープを帰還させて馬の残月を召喚する。アデルとイリーナもそれぞれ、馬を召喚している。まーちゃんとローテカイザーだ。つい先刻【召喚魔法】がレベルアップしたからだろう、四体の召喚モンスターを同時召喚している。ここまで来ると、ユニオンを組まずとも冒険するのに不足はないだろう。

　アデルを先頭にして駆けていく。続いてイリーナ。オレは最後尾だ。港町への街道はあまり通った事はないが人通りは多いな。人混みを避け街道から外れて草原を進んだ。
　当然途中で魔物に遭遇する。でも空中にいる六体の猛禽類の餌食である。アイテムすら剝がずに先を急いだ。それに途中で何名か、明らかにサモナーと分かるプレイヤーがいた。アデルが手を挙げて挨拶をすると向こうも手を挙げて応えている。参加者って結構な数がいるのかね？
《これまでの行動経験で【馬術】がレベルアップしました！》
《これまでの行動経験で召喚モンスター『残月』がレベルアップしました！》
《任意のステータス値に1ポイントを加算して下さい》
　残月もレベルアップしてくれている。実に有難い事だ。残月のステータス値で既に上昇しているのは知力値だった。珍しい所が上がっている。もう1ポイントは精神力にしておこう。

残月

ホワイトホースLv2→Lv3(↑1)

器用値　7
敏捷値　25
知力値　8(↑1)
筋力値　25
生命力　25
精神力　8(↑1)

スキル

踏み付け
疾駆
耐久走
奔馬
蹂躙
蹴り上げ
騎乗者回復[微]
魔法抵抗[微]

うむ。残月は長い間レベルアップしてなかった気がする。馬上戦闘をやらないとダメか。

恐らくは会場であろう川原に到着。なんと、既に数名のサモナーらしき人影と十体を超える召喚モンスター達がいた。君達、早いって。

川原はエリアポータルではないが、魔物が襲ってくるとは思えない。上空には鷹と梟が群れて旋回している。地上も召喚モンスター達がウヨウヨといるのだ。どう、襲えと？　正に鉄壁としか思えない陣容だ。

「アデルちゃん、おっす！」

「春菜(はるな)ちゃん、おっす！」

アデルが友人らしき女性サモナーとハイタッチしてるがノリが一緒だ。足元に狼と虎がいるし。

「料理は？」

「先に進めてる。下拵(したごしら)えは終わってて、後は焼くだけ！」

「お疲れ様でした！」

それにしてもだ。視線がこっちに集中している、よね？　オレだけじゃなく召喚モンスター達にも熱視線が注がれている。間違いない。

「初めまして！　春菜っていいます！」

「ども。キースです」

「まあ挨拶は人数が多いし無礼講で！　多分ですけど今日は六十名以上、サモナーが来ますし」

え？　そんなに来るの？

「まあ半分はゲルタ様の所の関係者ですねー」

「昨日よりも結構増えましたね」

春菜とイリーナが補足する。冒険者ギルドが新人サモナーを紹介する先から、うちの師匠は完全に外されているそうな。ゲルタ婆様の所に回されているらしい。その結果、ゲルタ婆様の許にはサモナーの一大勢力が築かれつつあるそうだ。サモナーだけでなく、アルケミストとファーマシーも含めると、百名を軽く超えるという。

あの婆様、冒険を推奨してるらしいが、時に難題もあるそうだ。それでも居心地はいいらしい。

で、それはいいんですが。召喚モンスターを触りたがっているサモナーが多数いるな。人気は馬の残月と妖精のヘザー、それにミュレのようです。

「触りたがってる方が多いですけどいいですか？」

「乱暴にしなきゃ大丈夫だと思うよ？」

ここからが本番かもしれない。サモナー達が互いの召喚モンスターを愛で合い始めていた。

参加者の人数がまだ増える。無論、召喚モンスター達も増えている訳だ。もうね、名前とか覚え切れません！　まあ無礼講だしいいんだが。でも皆さん、オレの事は良く知っているらしい。

　気になる事もある。時折聞こえるけどサモナーさんってオレの事？


「ヘイ！　皆の衆！　メシが出来たぞ！」

　春菜の号令の許、食事を摂りながら歓談が始まった。酒は無い。その代わりに話のネタは十分にあった。召喚モンスター達だ。サモナー達の輪の中で召喚モンスター達がゆっくりと回っていく。

　まるで競馬のパドックだ。ま、それはいい。最初に注目を集めたのは蟹だ。

　蟹か。生もいいが焼いてもいいんだよな。つか蟹も海老もどう料理しても旨いのがいい。

　おっと、食材じゃないって。

ビッグクラブ／道楽　レベル4
召喚モンスター　移動中
戦闘位置：地上、水中

ビッグクラブ／蟹江　レベル2
召喚モンスター　移動中
戦闘位置：地上、水中

　無論【識別】もしてある。ただこのネーミングはちょっとどうかと思うよ？

　次に注目を浴びたのが妖精だ。まあオレのヘザーとイリーナのミュレな訳だが。人気は高いようです。特に女子に、だが。黄色い声があちこちで上がってます。

　無論、クラスチェンジ組も人気が高い。蛇のトグロに虎のみーちゃんだな。鷹のヘリックスと梟の黒曜は馬の残月の鞍に止まったまま一周させている。クラスチェンジ組の召喚モンスターは、オレ、アデル、イリーナ以外にも所有するサモナーはいるそうだが、ここにはオレ達しかいない。自然、色々と質問もある。但し、可愛い、と触ってくる筋が一番多いってどうなの？　それ、質問じゃないし。

夜が迫ってきている。あちこちでフラッシュ・ライトの明かりが点灯していた。オレも召喚モンスター達を全て帰還させて陣容を一新する。

蝙蝠のジーン、ゴーレムのジェリコ、大猿の戦鬼、スライムのリグ、鬼の護鬼、全てクラスチェンジ組だ。注目なのは目立つ存在のジェリコと戦鬼だ。リグは戦鬼の体中を這い回っている。

「レッサーオーガ？」

「つまり、この先成長したらオーガは確定、という事か」

ビーストエイプはここにも何体かいる。だがその数は多くない。前衛に向くと思うのだが、明らかに少ないよな？

話を聞いてみたら事情が分かった。Ｎ１Ｗ１のスノーエイプを【識別】するのではダメらしい。Ｓ２とＳ３の間にある森のキラーエイプを【識別】する事で召喚出来るようになるそうだ。

「鬼なら東の島にもいますよ」

そういう話題も提供されていた。東のある孤島を鬼が拠点にしているらしい。

「なにそれ！」

「鬼ヶ島？」

そうなるよなあ。その島はあの漁師兄弟に発見されたらしい。中継ポータルとなっている島とは地続きであるそうだが、狩場スポットとしてはかなり難易度が高いようだ。

「地上はいいんですが洞窟内部はかなり強いみたいです。漁師兄弟も何度か死に戻ってます」

ほう、それは興味深い。つか東側は海なんだよな。行動するには船が必須か。

スライムは各地で見かけるようだ。オレの場合はゴブリンシャーマンに召喚されていたのだが、ちゃんと単体で出現する場所もあるらしい。但し、召喚モンスターとしては数はまだ少ない。オレ以外に三体しかいない。アデルとイリーナの召喚候補にスライムはいると思うんだけどな。地味だけど便利だぞ？

かなり時間をかけてジェリコ達が一周してきた所でまたも陣容を一新する。狼のヴォルフ、人形の文楽、骸骨の無明、蛇のクリープ、幽霊の瑞雲(ずいうん)だ。ウッドパペットは文楽以外に二体いた。ゲルタ婆様の所でもメタルスキンがいるらしく、召喚可能なサモナーは多いようだが戦闘向きじゃないから意外に少ない。面白いのはスキル構成だ。二体とも料理を取得しているそうです。その召喚主は二人とも男性だ。うむ、同志を見つけたぞ！

それにしてもスケルトン、ミストのようなアンデッドは人気が無い。各々、オレの他に一体ずつしかいなかった。まあ夜間専用のような所があるし仕方ないか。その一方で多いのは、馬、梟、狼、鷹といった所だ。イリーナ曰(いわ)く、オレの影響って事らしい。オレ、何かしたっけ？

「それにしても」

「これ、素材は蟹ですよね？」

スケルトンである無明の場合、その装備で注目を浴びてましたね。まあ分かります。派手だし。

ヴォルフは戻るのにかなり時間が掛かってしまっていた。理由は明らかだ。あちこちで撫でられまくってました。うん、まあいいけどさ。

一種独特の、そして狂乱の宴は川辺に移動してから最高潮に達した。水棲の召喚モンスターのお披露目があったのだ。

シースネーク／葛籠　レベル2
召喚モンスター　待機中
戦闘位置：水中、地上

マーメイド／ダナ　レベル2
召喚モンスター　待機中
戦闘位置：水中、（地上）

シースネイクはさて置き男性陣の歓声は、まあ分かる。オレだって男だ、美人は大好物なのだが。

まあ、その、何だ。

胸元のラインががががが！

召喚主のプレイヤーは此花という女性サモナーだ。彼女の発言で男性サモナー陣の様子が知れるというものだ。勿論、オレも含めて。

「このケダモノ共めが！」

失敬な！　ブラでいいから装備させておいて欲しいものです。いや、ちゃんと用意はしてあったようだ。マーメイドのダナは渡された布切れを胸に巻いている。ああ、そうか。【召喚魔法】がレベル12にならないと、装備させたまま召喚と帰還が出来ないのか。納得だ。

だが待って欲しい。胸を隠してあってもエロいんですけど！　恥ずかしげな様子がまたもうね、俯いたまま頬を僅かに赤らめているとか堪らん。

唾を飲み込む音が鳴り響いた気がする。これはいかん。【召喚魔法】がレベルアップしたら嫁代わりに召喚する奴が続出するかもしれない。あ、そう言えばオレも新しくもう一体、召喚出来るんだっけ。

「真面目な質問があるんだが」

「何でしょう？」

「【識別】で見ると戦闘位置に括弧付きで地上、とあるんだが？」

「ああ、それって条件付きですね」

　このマーメイド、地上だとステータスが低くなるらしい。それと引き換えのように幾つか面白い特殊能力がある。まずは呪歌。バードと同じスキルだ。そして変化。完全に人間形態になれるそうである。但し戦闘能力的な旨みは皆無らしい。

　基本、マーメイドは後衛的な立ち位置と考えるべきなのだろう。もしくは嫁ポジションか。

　食事の後片付けが終わったら雑談タイムに。オレの周囲での話題は闘技大会が多かった。ここにいるメンバーで大会に参加したのは八チームいた。その内、一回戦を突破したのは四チーム。まあ順当、と言えなくもない。

「やっぱり先にサモナーが狙われちゃうとキツかったッス」

「同時に自分の召喚モンスターも戦闘除外ですからね。当然ですけど一気に形勢が悪化しました」

　初戦敗退したサモナー達の弁である。彼等はサモナー二名に狼、虎、蛇、ウッドゴーレムの召喚モンスター四体で組んでたらしい。相手は遊撃で一名、トレジャーハンターがいたらしいが、そいつに後衛を衝かれたそうな。

「目標が分散して指示が混乱したのも敗因です」

　戦闘ログを見返しながらそう呟く様子は本当に悔しそうに見えた。方針がブレると大変だよな。戦闘中は状況がすぐに変化しちゃうし。

　互いに戦闘ログや動画を見ながら大会談義が盛り上がって参りました。つかアデルはオレの対戦を録画してあったようだ。

「相変わらずですよねー」

まあね。特に変えたつもりはない。

「でもやっぱり前に出るのって怖いですよね。最初に狙われますし」

「その時はその時だ」

「一気に形勢逆転を狙ってくると思いますが」

「そうだろうねえ」

アデルとイリーナの心配も分かる。

でもそこは普段通りで。

普通に行こう、普通に。

さて。文楽とクリープを帰還させる。虎のティグリスを召喚して、と。十七体目、何にしよう？

「さて、十七体目は何にするかね？」

「キースさん？」

「イリーナちゃん！　私達も追加出来るの忘れてる！」

召喚リストを眺めながら悩んでみる。まだ未召喚のものに絞ってみると？

ライオン

大亀

ギガントビー

ビッグスパイダー

ビッグクラブ

シースネーク

マーメイド

マーメイドはその容姿だけでも魅力だ。でも今、ここで召喚するのってどうなんだろう？　この助平と思われそうな気もするが。今まで説明を見てない分も含めて見ておこうかね。

【ビッグスパイダー】召喚モンスター　戦闘位置：地上、壁面
大型の蜘蛛（くも）。主な攻撃手段は噛み付き。
糸を駆使して罠（わな）を張る事も出来る。
天性のハンター。

【ビッグクラブ】召喚モンスター　戦闘位置：地上、水中
大型の蟹。主な攻撃手段は両腕の爪。
動きが鈍いが、非常にタフで前衛での戦闘に向く。

【シースネーク】召喚モンスター　戦闘位置：水中、地上
水蛇。主な攻撃手段は噛み付きと毒。
水中行動に適応している。

【マーメイド】召喚モンスター　戦闘位置：水中、（地上）
人魚。主な攻撃手段は歌による特殊能力。
水中行動に適応している。変化する事で地上で普通に行動可能。

「ライオンもいいが、亀、蜂、蜘蛛も召喚出来るんだよな」

「私もです」

「またモフモフなのがいいなー」

「アデルちゃん、他の召喚モンスターも充実させておいた方がいいんじゃない？」

「そうなんだよねー」

まあ悩む事もないかな？　こいつにしよう。

「サモン・モンスター！」

そして十七体目の召喚モンスターが出現した。

レーヴェ
ライオンLv1（New!）
器用値　7
敏捷値　14
知力値　11
筋力値　17
生命力　20
精神力　13

スキル
噛み付き
威嚇
危険察知
夜目

名前の意味もそのままライオンです。レオンでも良かったんですがね。外見は若いオスのような印象だ。ヴォルフとティグリスが寄ってきている。

うおっと。仲良くしろよ？


「グルゥ？」

「ガルゥ！」

「ガァ！」

意味は分からないが、互いの存在を確認するかのように匂いを嗅ぎあっている。大丈夫みたいだ。


「サモン・モンスター！」

イリーナが召喚したのはなんと亀である。渋い選択だな。

大亀／墨家　レベル1
召喚モンスター　待機中
戦闘位置：地上

「サモン・モンスター！」

アデルが召喚したのはビーストエイプのようだ。なんとまあ、モフモフというには微妙だと思うのだが。

ビーストエイプ／えーちゃん　レベル1
召喚モンスター　待機中
戦闘位置：地上

亀は【識別】していないメンバーが多かったようだ。注目の的になっている。ところでレーヴェはどうした？　目を転じて捜してみるとアデルに捕まってました。ヴォルフとティグリスも一緒だ。それだけではない、他のモフモフな召喚モンスター達がアデルの許に集結しつつある。

「天国よねー」

「これ、やってみたかった！」

春菜もアデルも毛皮に囲まれて同じ顔をしている。中毒者かな？　他にも数名、毛皮の感触に魅入られたサモナーがいる。

ヤバい。こういう事態を想定すべきだったか？

オレの召喚モンスターがどれがどれだか、判別も難しい状況になっている。アデル達がモフモフを堪能し尽くすのには暫く時間がかかりそうだ。

「ログアウトの時間が迫ってるメンバーはそろそろレムトに戻るよー！」

春菜の号令でメンバーが一気に減った。だが宴は終わらない。そろそろログアウト、考えておいた方がいいんじゃないのか？　時刻は午後九時。レムトへの移動時間を考えると、そう長くお喋りするのもどうか？　仕方ない、ここはインスタント・ポータルを使おう。残っているメンバーは三十名もいない。十分に収まると思う。

「アデル、イリーナ」

「はい！」

「どうしました？」

「宴は一旦中止だ。今からインスタント・ポータルを使う」

「ここで、ですか？」

「大丈夫だ。多分」

周囲を飛び回って警戒していた蝙蝠が何体もいる。既に周囲の魔物は狩り尽くしているに違いない。インスタント・ポータルは問題なく展開出来た。ユニオン申請をアデルとイリーナに出しておいて中に招き入れる。

『先にアデルからだ。入ってきていいぞ』

『了解！』

続いてアデルと共に外にいたサモナー達を次々とインスタント・ポータル内に呼び入れた。召喚モンスターも一緒だ。最後はイリーナになった。

「これで全員、ですね」

「インスタント・ポータルって便利！」

周囲をサモナー達がもの珍しそうに眺めている。まあ初めてなのが多いのだろう。

「これでプレイヤーは各自の判断でいつでもログアウト出来るな」

「助かります」

「もっとお喋り出来るね！」

まあそうなんだがな。それに聞いた所では、早めに寝た方がいいと思うぞ？　この集会は明日もやるそうだ。元気だな、君達。

インスタント・ポータル内でも対戦モードは使

えるようであった。ただ試合場は狭く設定しなければならない。ログアウト前に対戦を日常としているプレイヤーはそこそこいるようだ。それを観戦したり、チーム戦の総評だったり、攻略情報の交換が行われた。雑談も結構、いいもんだな。

時刻は午後十時、お開きとなった。オレはもう少し起きていてもいいのだが、敢えてログアウトした。明日は予選二日目、第二回戦になる。

普通に戦うとしよう。

普通でいい。

第三章

ログインした時刻は午前五時ちょうど。装備を整えて周囲を見回すと、既に人影があった。アデルとイリーナ、だな。他にも数名、起きているプレイヤーがいた。召喚モンスター達も当然、うろうろしている。朝食の準備をしているらしい。

「「おはようございます！」」

「おはよう。早いんだな」

「キースさんの分も用意してますよ？」

「おお、それは助かる」

うむ、人形の文楽の召喚はスルーだな。狼のヴォルフ、馬の残月、鷹のヘリックス、梟の黒曜、妖精のヘザーを召喚する。アデルとイリーナの召喚モンスター達と早速じゃれあい始めた。料理をしている近くだと危ないぞ？

「二人とも今日の試合場所は？」

「新練兵場E面です。時間は午前十一時ちょうどになりますね」

「時間は一緒か。私は臨時試合場だが」

「試合観戦はお互いに無理？」

「まあそういう事もあるだろうさ」

試合終了後、昼飯の時間にでも落ち合う事にしておいた。まあお互いにテレパスの呪文もあるし連絡するのは簡単だ。

朝食をアデルとイリーナと共に摂り終えると、アデルとイリーナが対戦をする事になった。インスタント・ポータルの中では狭いので、一旦出て川原で対戦モードを展開する。観客はオレ以外にも数名のサモナーとその召喚モンスター達だ。

朝からギャラリー三昧ってのもいいな。試合もあるんだけどね。観戦しながら、昨晩の話を咀嚼するかのように思い返す。サモナーが先に狙われる、か。効果的なのは間違いないんだが。

オレが考えていたのは別の事だ。

それ、利用出来ないかね？


アデルとイリーナの対戦はアデルの中押し勝ちになったようだ。互いに四体同時召喚での対戦は初めてだったようだ。つかさ、アデルの布陣は虎一体に狼三体というシンプルなものであった。ウッドゴーレムを前衛にして防御を固めたイリーナだったが、機動力の差が出たように見える。召喚モンスターの特性を揃えてたらこういう戦い方もアリなんだろうな。


「うっしゃあ！　これで対戦成績は五分に戻ったぜい！」

「やられちゃったわ。足を止めたらダメみたいね」

素直に勝利を喜ぶアデル。敗北から反省し始めるイリーナ。彼女達らしい反応ではある。

ふと思い付いた。サモナーを相手に、オレならどう戦う？　実際にサモナーのいるパーティとやってみたらいいんだよな？


「アデル、イリーナ」

「はい？」

「何でしょう」

「君達相手に対戦を申し込むぞ」

「「ええーーー！」」

こら、その反応は何だ！


既に別のサモナー同士が対戦を始めていたので、その次にやる事にした。アデルとイリーナのペアは闘技大会の布陣そのままである。オレの方も、と言いたい所であったが、それでは戦力が拮抗しないよね？　リグは外す事にした。大サービスでジェリコも外そう。対戦モードっていいな。ハンデ戦も出来る。

「痛覚設定はゼロで！」

「アデルちゃん、やられる事が前提？」

「六対四でも勝てる気がしない！」

「やってみないと分からないと思うぞ？　全力で来ていい」

「えー」

「どうせ闘技大会で試合前に全快にして貰える。呪文も使い放題だろう？」

「いや、そういう問題じゃないんですが」

互いの顔を見る二人だが。

さあ、どうする？


「全力でいいんですよね？」

「うむ。そうでなければ意味が無い」

「本気で行きますよ？」

「ああ、それでいい」

少しはやる気になった、のか？

さて、どうなるかね？

今回、オレは敢えて作戦は立てない。

普通に行こう、普通で。

とは言っても久々に陣容が薄いんだよな。狼のヴォルフ、大猿の戦鬼、鬼の護鬼だけだ。アデルとイリーナの前には虎が二体、狼が一体、それに蛇が一体いる。最も注目すべきは蛇のトグロだ。クラスチェンジした事で大型化していて、その大きさはオレの配下のクリープとは比べ物にならない。だから戦ってみるのも楽しみである。

試合開始。

同時にイリーナを除く全員が動いた。


「練気法！」「メディテート！」「ブレス！」

ヴォルフが先行して突っ込む。

その後を追うようにオレも走る。

オレの横に戦鬼。護鬼は弓矢を持って続く。

『スナイプ・シュート！』

『スナイプ・シュート！』

横へ展開しながらアデルが矢を放つ。

時間差でその後方からイリーナも矢を放った。

彼女達からは呪文詠唱は聞こえない。

弓の武技がメインか？

矢が肩と腕に命中する。

オレの呪文詠唱は中断に至らない。

ふむ、この程度ならまだいけるか？

だが、矢は次々と飛んでくる。

彼女達の呪文詠唱が始まったようだ。


「ガゥァ！」

『ギャン！』

狼同士、ヴォルフとうーちゃんが互いに絡み合うように噛み合う。しかも凄いスピードで！


普段はじゃれあう仲だが戦いとなると全力全開だ。ヴォルフが優勢だがそこに虎の三毛が介入する。ヴォルフは一旦、距離を置いた。

戦鬼が、トグロとみーちゃんの前に立ちはだかる。蹴りを見舞う戦鬼だがトグロとみーちゃんは互いに攻撃する様子を見せながら距離を置いて襲っていない。牽制だけだ。

オレはトグロに向かって突進していたのを進路変更、アデルに向かう。横目で後続を見ると、ヴォルフの支援に向かって突進する護鬼が見えた。その手には既に片手剣と片手斧が握られている。いつの間に持ち替えた？


「ワールウィンド！」

接近した所で風魔法の攻撃呪文を放つ。

一気にアデルのＨＰバーが半分以下にまで減ってしまった。

凄い！　レベル10の攻撃呪文は凄いな！

背後から何かが迫っている。

みーちゃん、だな。

その後ろから戦鬼が迫っている。

一気に乱戦になった。

みーちゃんに向け杖で突く。

そして間髪を容れずに、薙いだ。

いずれも直撃ならず。

みーちゃんはオレとアデルの間に割り込んだ。

互いに速攻で崩す機会を失ったか。


『ファイア・ヒール！』

「グラビティ・バレット！」

アデルが呪文で回復を図るのと同時にオレも攻撃呪文を放つ。目標はみーちゃんだ。

ちょうどオレに飛び掛かろうとしていた所だったから大きく姿勢を崩した。

直撃。そしてその直後に戦鬼が襲い掛かる。

蹴りがみーちゃんの腹に食い込み試合場の外まで吹き飛んだ。


アデルの視線とオレの視線が、同時にその様子を見ていた。壁になる存在を失ったアデルに迫る。

矢を番えるのを途中で止め、ナイフを抜こうとした所で追いついた。

杖を手放すとアデルの腕を取る。

そのまま後ろ手に極めて首に腕を回した。

そして、絞める。あっという間に落ちた。

ワールウィンドのダメージは回復しきれていなかったようだな。


試合場に戻ったらみーちゃんとおーちゃんの姿が消えていた。戦鬼は？　トグロに両足を巻き付けられて地面に転がされている。状態異常を示すマーカーが戦鬼の頭上のマーカーに重なっているのが見えた。

毒だ！　どうする？

オレの答えはイリーナを優先。

イリーナの壁になり得るのは三毛だけ。

ヴォルフと護鬼、それにオレがいたらイリーナを倒し切る方が、手っ取り早い。

『ダークネス・ステア！』

ヴォルフが直撃を喰らい、暗闇の状態異常になった。護鬼は三毛相手に優勢でありながらもイリーナに迫れない。

「フラッシュ・フラッド！」

三毛に直撃。

ついでに足が止まってしまったようだ。

護鬼の攻撃が重なって三毛はすぐに沈んだ。

イリーナは回り込みながら矢を放ってくるが、オレと護鬼に同時に迫られては逃げ場は無い。

オレに捕まってしまい、裸絞めで仕留められてしまう。それで終了、になった。

「キースさん！　もう一体、減らさないと相手にならない！」

「アデルちゃん、それよりも今の対戦、色々と反省点があるんじゃない？」

「今のは互いに反省点があった、と思うぞ？」

召喚モンスター達を回復させながら、今の対戦の確認をしておく。

オレは成り行き任せの乱戦狙い。だが最初の集中攻撃を捌ききれなかった。攻撃を受け続けて呪文が詠唱中断されるような事態になったらどうなるか？　相当な苦戦は免れないだろう。

彼女達の弱点は明らかだ。乱戦に持ち込まれたらどうする？　召喚モンスター達の連携は？　いい動きだった、とは言い難い。一時的な数の優勢のうちに攻撃が出来た筈なのだ。

「威嚇させなかったのは？」

「あれって足を止めちゃうんですよ」

「キースさんの所の召喚モンスター達を相手に隙を見せたくなくて」

成る程。だがやってみても悪くなかったと思うんだけどな？

「スナイプ・シュート、というのは武技だな？」

「ええ」

「これ、凄く便利なんです！」

聞けば威力はそこそこながら命中率絶大の弓武技らしい。確かにほぼ外れていなかった。

「対戦相手の構成、それに装備を見たら、もっと良い戦い方が出来ないか？」

「でもー」

「相手はプレイヤーですから。想定通りにはいかないでしょう」

「だがな、今みたいに乱戦になったら？」

二人とも目を落とす。いや、選択している戦闘スタイルは悪くないと思うぞ？

「もう一回だな」

「「ええーーー!?」」

「私にも今の対戦で課題が見付かっている。もう少し付き合って欲しいが」

アデルとイリーナは互いを見る。

その目は真剣だ。

「や、やる！」

「お相手して頂けますか？」

「うん、だがいいのか？」

「や、やる！　やってみる！」

「今の対戦、敗北でしたけど、色々と技能がアップしましたし」

アデルの声はまだ定まってないが大丈夫か？

「私は同じ布陣で、やる」

「じゃあ私も」

「今度こそ！」

「頼むぞ」

変に聞こえるかもしれないが、本気で頼む。

集中砲火を。

情け容赦のない、集中砲火を！

飽和しても構わない。

サモナーが狙われるという弱点を、乗り越えるにはどうするか？　対策案ならある。でも実戦で使えるかどうか、それは分かったものではないのだ。考えてみても仕方ない。実戦でこそ浮かぶ妙案もあるだろうしな。


そこから六戦、連続で対戦してみた。幾つかのアイデア、その効果を試してみたかったのだ。正直、事前に試してみて良かったと思う。効果も確認出来たが、欠点も明確になったのだから。

時空魔法の呪文、ディメンション・ミラー。確かに効果は絶大だ。だが壁を展開した前面に対して、という条件が付く。最初から半包囲を仕掛けてくるような相手には効果は薄くなるだろう。横合いから飛んでくる矢には全く効果無しだ。それに壁が展開可能な時間は短く集中砲火の全てを凌げるとは限らない。ただ攻撃を跳ね返した結果、相手が混乱する事に期待は出来るか？

その他の壁呪文の利用。これも芳しくない。状況によっては不利に働くだろう。呪文で着実なのは、エンチャント系で強化しながら戦う、といった所だろうか？　だがそれも速攻を基本にしているオレには馴染まない。呪文選択の優先順位が難しいのだ。

だが大きな収穫もある。レベル10の攻撃呪文だ。その威力と特性を確認出来たのは良かった。特に呪文の射程を見極めた意味は大きい。ワールウィンドの射程は他の攻撃呪文と比べてもかなり短い。これは注意せねばなるまい。

「でもアデルちゃん、得られたものは大きいと思うわよ？」

「し、シゴキって言わない？　これ」

そう、彼女達も対戦の中で色々と試みていたのが良く分かった。オレへの集中砲火をディメンション・ミラーで跳ね返されてからは特にそうだ。

攻撃に緩急を付けて攻撃を途切れなくすると同時に牽制してみたり。呪文も多用してきた。スペル・バイブレイトで呪文詠唱をキャンセルされても動じず、攻撃を続けていた。戦闘経験がそうさせたのか、連携も良くなっている。

だが何と言っても色々とレベルアップしたらしい。アデルとイリーナも魔法技能が強化されたようだ。オレは？　無論、幾つか上がっている技能があったりします。

《只今(ただいま)の戦闘勝利で職業レベルがアップしました！》

《取得が可能な補助スキルに【平衡】が追加されます》

《只今の戦闘勝利で【摑(つか)み】がレベルアップしました！》

《只今の戦闘勝利で【魔法効果拡大】がレベルアップしました！》

《只今の戦闘勝利で【魔法範囲拡大】がレベルアップしました！》

うん、まあこんな所か。しかし対戦はいいな。ハンデ戦を通して分かる事は多かった。どれだけ多様な戦闘を経験しているかによって、対応可能な幅も異なってくる。まあ付き合ってくれたアデルとイリーナにも感謝だな。

おっと。補助スキルの【平衡】だが昨夜の雑談の中で耳にした奴(やつ)だな。船に乗る時だけでなく、戦闘で姿勢を崩されても復帰が早くなる、とか言ってなかったか？　これは取得して有効化しておこう。支払うボーナスポイントは5か。まあ余裕があるし、いいか。

　周囲で暇潰しで対戦に興じていたのが徐々に収まってきた。レムトの町へ向かう準備を進めつつあるのだ。オレも陣容を変更する。鷹のヘリックス、馬の残月、梟の黒曜、妖精のヘザー、狐(きつね)のナインテイルといういつもの移動布陣だ。


「皆で行くのか？」

「はい」

「その方が安全ですし」

　そう、馬を召喚モンスターとして配下に置いているサモナーは結構いた。つか多過ぎ！　結局、二十頭を超える騎馬軍団が形成されていた。馬を所有してないサモナーは他のサモナーの馬に同乗して移動する事になる。そして頭上には鷹と梟の猛禽(もうきん)軍団。騎馬軍団に随行するのは狼軍団。まあ安全だろうな。誰がこれを襲うんだ？


　レムトの町には午前九時前には到着した。当然、魔物は蹴散らしながら進んでいる。つか襲ってきた魔物がいた事が驚きです。あのホーンラビットにステップホーク、無茶しやがって。誰かの召喚モンスターが片付けたように思うが、誰も見向きもしなかった。


「ではここで解散ですね」

「本日も同時刻に同会場で開催するよ！」

「「「応っ！」」」

　アデルの号令に唱和するサモナー軍団。そして狼達の遠吠(とおぼ)え。こええよ！

アデルとイリーナが新練兵場に入るのを横目に見ながらオレも別の試合会場に向かった。臨時試合場だ。つか町の規模を拡大する為に新しく作られている城郭の中だ。あちこちに建築用の石材が積まれて臨時の観客席と化している。

受付に行ってみたが、時間が早過ぎて控え室に入れなかった。仕方ない、観客席から観戦でもするか。馬の残月だけは帰還させておこうかね。

臨時試合場での試合は午前九時ちょうどにスタートした。最初のうちは第一回戦の続きだ。そして今日中に第二回戦は全て終了する事になる予定だ。明日は第三回戦から第五回戦まで、という事になる。トーナメント表のようなものも無い。前回の個人戦でも無かった。それだけに情報収集の意味合いは薄い、と言えるかもしれない。

だがそれがいい。純粋に楽しめばいい。観戦も苦にならない。つか実に面白い！

時刻は午前十時を過ぎた。試合が早めに進行しているようなので受付に行こう。布陣は試合用に入れ替える。狼のヴォルフ、ゴーレムのジェリコ、大猿の戦鬼、鬼の護鬼、スライムのリグとなる。さて、今日の相手はどんな感じになるんだろうか？　分からないだけに楽しみでもある。

だが予想外、受付を済ませて控え室近くから観戦しようと思ったけど出来ませんでした。すぐに出番が回ってきてしまったのだ！　職員さんがオレを呼んでいる！

対戦相手は対角線に揃っている。但し五人しかいない。前衛と思われる三名は全てドワーフだ。恐らくはファイター。盾と片手斧、盾と片手槌、両手に槍か。いや、槍じゃないな。十字槍のように横に何かが付いている。片方に鶴嘴、もう片方に斧状の突起がある。ポールウェポンって奴だな。

後衛は二名、弓持ちと杖持ち。装備から見てハンターとソーサラーだろう。

試合開始までの短い合間に【識別】しておこう。

？？？　レベル13
ファイター　待機中

？？？　レベル13
ファイター　待機中

？？？　レベル13
ファイター　待機中

？？？　レベル13
ハンター　待機中

？？？　レベル13
ソーサラー　待機中

強いのが揃っている、よね？　でも五人でチームを組んでいる。その狙いは？　多分ハンターかソーサラーのどちらかがエルフって事だろう。ハンターは革兜を装備している。ソーサラーはフードを目深にしていて顔も下半分しか見えない。どんな仕掛けがあるのかね？　興味深い。

まあそれはいいとして、オレはどうする？

前衛が全員ファイター、しかもドワーフ。

弱点は明らかだ。機動力に難がある。ただこっちから突っ込んでも迎撃されてしまうだけだ。

では呪文で強化しながらじっくり攻めるか？

それも面白くない。呪文を行使出来るメンバーはオレしかいないのだ。相手チームはオレが呪文を一つ完成させる間に最悪五つの呪文を行使出来るだろう。【高速詠唱】があっても、その差を埋める事は出来ない。

どうする？　さあ、どうする？

戦う前から困難な状況に陥ったか。

だがそれもまた良し。やれる事をするだけだ。

普通でいい。

普通でいいのだ。


だが一つだけ、工夫はしてみようか。ヴォルフだ。その機動力を活かせないだろうか？　そしてジェリコ。こいつが戦線に早めに加わってくれたら助かる。

開始十秒前。

ヴォルフへの指示は単純なものだ。

問題あるまい。

ジェリコへの指示もまた単純そのもの。

これも問題ないだろう。

オレも呵責の杖を手に持って前を向く。


深呼吸を、一つ。

開始三秒前。

互いに。

礼。


「始め！」

開始と同時にオレ達は駆け出していた。


「練気法！」「メディテート！」「ブレス！」

『スナイプ・シュート・バースト！』

矢が飛んできてオレの肩を直撃する。

だが前進を止めない。

呪文詠唱もキャンセルされなかった。

ヴォルフには一旦、右に大きく迂回しながら後衛を狙う素振りをさせている。隙があれば攻撃をさせる所だが目的は別にある。前衛の牽制だ。

右端の盾と槌を持つドワーフがヴォルフの前に立ちはだかる。

「グラァァ！」

威嚇をしながら一定の距離を保ち隙を窺う。

だがドワーフのガードは厳しそうであった。

戦鬼にはオレに先行して突っ込ませている。

無論、リグも一緒にだ。


「フィジカルエンチャント・ウィンド！」

敏捷値を底上げするのはジェリコだ。

大した底上げにならないかもしれない。

だがジェリコにも一工夫させてある。

液状化させて移動力を上げていたのだ！


『サモン・エレメンタル！』

やはりか。精霊がドワーフの戦列の前に顕現しようとしている。サラマンダーだ！

相手チームの前衛ドワーフ達の呪文詠唱が続いている。もう少し進めば後衛にも届くと思ったんだが、さすがに間に合わなかったか。


「スペル・バイブレイト！」

前衛の呪文詠唱が全て潰れてくれたらいい。

結果は確認しない。

次の呪文を選択して実行！


『フィジカルエンチャント・ファイア！』

やはりレジストした奴がいたか。

だが構ってなどいられない。

オレはサラマンダーに杖を叩き付けた。

戦鬼とリグが前衛に出来た穴を衝く。

ヴォルフの牽制に動いていたドワーフは気が付いていたようだが、一瞬迷ってしまっていた。目の前にヴォルフがいたし仕方がないのだが明らかにミスだよな？

杖を更に振るってサラマンダーを攻撃。呵責の杖を散々叩き付けられてサラマンダーのＨＰバーが減っていく。ただ近くに寄っているだけでも無茶苦茶熱い。接近戦なのだし、触れるだけでも大ダメージを喰らってしまうだろう。

「フラッシュ・フラッド！」

至近距離から水魔法の攻撃呪文をサラマンダーに浴びせた。同時にサラマンダーが火炎を吐く。

互いに直撃。互いに大ダメージ！

だが結果の差は歴然だ。

オレはまだ十分にＨＰバーが残っている。

サラマンダーのＨＰバーは極僅か。

杖を叩き付けてサラマンダーを屠る。

これで数的優位は出来たか？

オレの目前に護鬼がいる。その手には剣と斧。完全に前衛となって盾と斧持ちのドワーフに対峙していた。オレがサラマンダーを仕留める時間を作ってくれたのだろう。ＨＰバーが三割ほども減っている。結構、喰らっているな。

『シールド・ラッシュ・バースト！』

護鬼が吹っ飛ばされた。

入れ替わりにオレが前に出る。そのドワーフは盾を構え横を向いた姿勢のままだ。

杖でドワーフの左膝の裏を突く。

続けて背中に肩からタックルしたが動じない。

これで転ばないってどういう事なの？

重い。重心が低い。そしてパワーもある。そういえばドワーフってそういうものでしたね！

だがそのドワーフに異変が起きた。

足元に忍び寄る何かが這い上がっていた。

ジェリコだ。あっという間にドワーフを覆い隠してしまう。まるでスライムのように！　元の姿に戻った時にはドワーフを羽交い絞めにしていた。足が宙に浮いてる。これは詰んだな。

オレは別のドワーフに正対する。横合いから矢が飛んで来たが気にしない。そのドワーフの持つポールウェポンの先端はオレに向けられている。

『二段突き！』

　ギリギリで避けた、と思ったが二撃目は喰らってしまった。こいつめ、やりおる！

　姿勢を低く保って突進。

　ドワーフは突きを放った姿勢のままだ。

　半身の構えか。前に出ている右足が狙い目だ。

　タックルしたが倒れない。

　そのまま後ろに回り込んで背中を蹴った。間合いを取り戦況を確認だ！　戦鬼とリグは？　ヴォルフは？　どうなってる？

　数的優位はより確実なものになっている。ソーサラーとハンターは共に場外だ。戦鬼の仕業だろう。外に放り投げられたに違いない。無論、場外は即失格ではない。入ってくればいいのだが、ヴォルフが二人を牽制している。

　牙を剝き出しにして威嚇しまくり！　二人とも試合場に入るのを躊躇している様子だ。

　戦鬼とリグは？　戦鬼は盾と斧持ちのドワーフに馬乗りになっていた。そのドワーフの口元にはリグが迫っている。詰んだ。これも詰んだな。

「グラビティ・バレット！」

　ポールウェポンを振り上げているドワーフに攻撃呪文を放つ。まともに命中するのだが、吹き飛んだりはしない。本当に頑丈だな！　ＨＰバーの減りも大した事がないようだ。

　だがちゃんと効いていたらしい。動きが鈍っているのが分かる。そこに護鬼の斧がフルスイングで直撃した。しかも頭だ！　周囲に地震が起きたかのような重低音が響く。ドワーフのＨＰバーが消し飛んだ！

　おい、オレの獲物がなくなったぞ！

ヴォルフが威嚇するのを一旦止める。

オレの傍に並んだ。

護鬼を回復させておき、外にいる二人が試合場に戻るのを待つ。試合場の中のドワーフは？　もう詰んでる。徐々にＨＰバーが減っているのが分かっているから大丈夫。


「ファイア・ヒール！」


さあ来い。入って来なさい。

いや、入って来て。入って来て、くれないかな？

ほら、優しくするから。ね？　頼むから！

《試合終了！　戦闘を停止して下さい！》

願いは届きませんでした。

ギブアップしたみたいです。

《只今の戦闘勝利で【火魔法】がレベルアップしました！》

《【火魔法】呪文のエンチャンテッド・ファイアを取得しました！》

《【火魔法】呪文のエネミー・バーンを取得しました！》

魔法技能のレベルアップはいい。呪文も増えたし結果としては悪くない。でもオレ自身は不完全燃焼のままだ。納得出来ないな！

対角線に整列した対戦相手を見るオレの表情にはどんな感情が浮かんでいるだろうか？

後悔？　失望？　未練？

どれにしたって碌なものじゃない。かろうじて礼だけはしっかりとしておいた。


《予選第三回戦に進出しました！　第三回戦は明日午前九時三十分、新練兵場Ｂ面の予定となります》

思考を切り替えよう。お楽しみは明日もある。

きっと、ある。そうでなければならない。

うん、そう信じよう。


臨時試合場は新練兵場よりも広い。それだけに観客席にも余裕があるようだ。召喚モンスターの陣容は変更しておく。鷹のヘリックス、梟の黒曜、妖精のヘザー、狐のナインテイル、そして獅子（しし）のレーヴェを召喚しておいた。観客席の特等席に陣取る。レーヴェはオレの足元に伏せた状態で控える形だ。

ＮＰＣもプレイヤーも寄って来ない。狙ってやってる訳ではなかったんだけどね。


昼飯時まで試合観戦を楽しんだ。そう、単純に楽しんだ。情報収集？　解析？　そんな事は気にせず観客に徹していた。目を引くチームがいる。サモナー三名と召喚モンスター三体のチームだ。

あれ？　昨日見たチームだよな？　サモナー繋（つな）がりで声援を送っていたんだが、残念な事に敗北である。その戦い振りはそんなに悪くなかったと思う。相手チームが凄かったのだ。

全員、職業レベル７と比較的低かった。無論、クラスチェンジはしていない。だがその連携は素晴らしかった。戦闘ログは記録していたのだが、動画に撮っていなかったのが惜しい。

レベルが全てではない。試合内容が、何よりも結果が語ってくれていた。絶対的な強さはその実、存在していない。相対的に比較出来ても、一定の尺度を求める事に意味など無いだろう。

ミスをしない事。

相手の動向を知り、その先を読む事。

虚を衝く事。

優位を築く事。

個人戦とは違う要素として仲間との連携だってある。チームであるが故（ゆえ）に難しい。運営が何を企図して闘技大会をイベントにしているのか？　何か他に狙いがあるのか？　深読みしたくもなる。

だが面白い。単純に面白い。戦うにしても工夫を加える余地はありそうだ。オレの場合はパーティ内で連携するプレイヤーがいない。それが不利とは思わない。責任は自分だけが背負えばいいのだし、気楽とも言えるからだ。その裏表でオレ次第、となる訳か。つまり有利に働くとも限らない。

戦闘の幅を広げるにはどうしたらいい？　まあ真面目に考える事もないか。楽しめたらいい。

普通に観戦を楽しもう。

普通に、だ。

時刻は午前十一時五十分。堅守型同士のジリジリとしたＨＰバーの削り合いを見終えた所で昼飯を摂りに移動する。アデルとイリーナと待ち合わせだ。メッセージを出すか、テレパスを使うか、迷っていたら先制されていた。

『キースさん、時間ですよー』

『試合はどうでしたか？　こっちは辛勝って所でした』

『こっちも勝ったよ』

不完全燃焼ですけどね！

『場所は屋台のある所で！』

『リック達が露店を出している筈だな』

『ではそこで待ち合わせしましょうか？』

『そうするか』

『ではこれで』

テレパスはそこで切れた。腹拵え（はらごしら）えが終わったら再び観戦を楽しもうかね？

リックの露店の様子が変わっていた。隣接して屋台もやっている。料理人は優香(ゆうか)だ。見慣れないプレイヤーが手伝っているようだが。

「あら、キースさんこんにちは」
「ども。屋台も始めたんですか？」
「ええ。設備は借り物ですけどね」

そう言うと隣の男性プレイヤーを見る。ゲームを始めたばかりらしい。間違っていたのはオレの方だったようだ。手伝っているのは飽くまでも優香の方だったみたいです。

「アデルとイリーナもすぐ来ると思いますよ」
「じゃあお昼はここで？」
「勿論(もちろん)」
「じゃあ裏手で座って待っていて下さいな」

その裏手には机と椅子が並んでいる。屋台で料理を買い込んだ連中で半分ほど埋まっていた。その一角を占有する。獅子のレーヴェがいるせいか、ＮＰＣは寄ってこない。

「勝ってきたぞー！」
「お疲れ様です」

アデルとイリーナが戻ってきた。そしてモフモフ軍団と蛇のトグロも。周囲のＮＰＣがより近寄らなくなってしまった。

「はい。これは差し入れ」

優香が昼飯を奢(おご)ってくれました。有難い。

「リックは？」
「不動(ふどう)と一緒に観戦に行ってるわね」
「観戦、ね」
「ええ。私もマルグリッドさん達と観戦しに行く予定。リックと入れ替わりに、ね」

それで待ち合わせついでに手伝いらしい。アデル達と昼飯を片付けていたら本当に来た。マルグリッドさん、レイナ、ヘルガといった女性陣だ。

あ、思い出した。レーヴェの装備、頼んでおいた方が良くないか？


「おや、大会出場組じゃないの。おつかれさま」

「おっす！」

「こんにちは。今日の所はなんとか勝ちました」

「キースさんは？」

「まあ、なんとか」

実は不完全燃焼なんですがね。

どうにかならないものですか？


「じゃあ今日はもう試合は無し？」

「食事を終えたら観戦ですね」

「じゃあ少し待っててくれないかしら？　一緒に観戦しない？」


「まあいいんじゃないかな？」

なんとなく。そう、なんとなく同行が決まってしまいました。オレ以外、全員女の子だというのに潤いは無いだろうな。多分、愛でられるのは妖精のヘザーと狐のナインテイルだ。


「マルグリッドさん、こいつの首輪も頼めますか？」

「この子の？」

「ええ。新しく召喚したので」

「ライオン、ねえ」

マルグリッドさんが恐る恐るレーヴェに触る。

撫でる。撫でまくる。

止まらなくなった。


「かわいー」

サイズ測ってたんじゃないんですか？

「残念だけど、今って手持ちの素材がなくて」

「ダメですか」

「いや、これならあるんだけど」

オレに見せたのはアレだ。獄卒の鼻輪か。

しかも一つや二つじゃない。どう見ても二十個以上、あるな。

「使い道がなくて困ってるのよねえ」

嫌な予感がする。召喚モンスター達の首輪も呵責シリーズ化しかねないぞ？


リックと不動が来るまでの間、召喚モンスターのサイズ測定祭りでした。祭り？　多分、お祭りで間違っていない。アデルもイリーナも召喚モンスターの装備を欲しがっていたからだ。

おいおい、呵責シリーズを装備した召喚モンスターがまだ増えるのか？　恐るべき事態になりそうだ。オレの方でも狼のヴォルフと虎のティグリスの分を追加で頼んでおいた。猛獣ならば攻撃に特化させた方がいいと思う。

「あれ？」

「おや、皆さんお揃いで」

「じゃあ後は宜しく！」

リックと不動が観戦から戻ってきた。レイナの号令で女性陣とオレは席を立ってその場を辞去した。観戦に向かうのは臨時試合場だ。そっちの方が観客席に余裕がある。

引き続き観戦だ。但し、先刻までと違い、オレの周囲は華やかだ。女性プレイヤーが六名もいる。だが予想通り、オレには潤いなど無い。観戦しながら召喚モンスター達が愛でられるばかりだ。妖精のヘザー、狐のナインテイルはおろか獅子のレーヴェすらも女性陣の餌食である。

マルグリッドさんはライオンの手触りがいたくお気に入りのようだ。両脇にオレのレーヴェ、アデルのらーちゃんを撫でながら観戦を楽しんでいる。いや、本当に試合を楽しんでますか？

レイナの膝の上で狐のナインテイルは寝ている。完全に、寝ている。その場所、代わって！

おっと、試合だ試合。オレ達が陣取った席からは臨時試合場のB面とD面の両方が見える。特等席と言って差し支えないポジションだ。距離も十分に近く、それでいて戦闘の様子も見渡せる。完璧に近かった。

試合はどれも頭を空っぽにして楽しめた。だからこそ、記憶に引っ掛かるチームもある。特に興味を引く、という意味でもあるけどな。

全員が機動力重視の速攻型。三名がファイター、一名がハンター、それにエルフソーサラーにトレジャーハンターの構成でこれは見事だった。全員、独楽鼠(こまねずみ)のように良く動く。何よりもファイターの内の一人とトレジャーハンターがいい。二人とも格闘戦スタイルなのだ。相手チームの前衛を潰すのには苦戦してたけどな。

格闘ファイターが後衛の一人を仕留める過程が気に入った。打撃も蹴りも使うし投げも使う。そして首を絞めたまま前衛への盾として利用するとかオレ好みです。

エルフソーサラーも機動力を活かして最後まで生き残っている。互いに武技が交錯する中、呪文の支援は的確だったと言えるだろう。自分自身のＨＰバーがなくなりそうだったけどな！

そして注目せざるを得ないチームだってある。

「東雲(しののめ)ちゃん、がんばれー！」

「ハンネスさん、ファイトー！」

レイナとヘルガの声が飛ぶ。そう、風霊の村の生産職選抜とも言えるチームの登場である。

?.?.?　レベル13
ランバージャック　待機中
?.?.?　レベル13
ストーンカッター　待機中
?.?.?　レベル11
ブラックスミス　待機中
?.?.?　レベル11
ファーマー　待機中
?.?.?　レベル11
セラミックワーカー　待機中
?.?.?　レベル11
アルケミスト　待機中

名前を知っているメンバーがいます。

ランバージャックさんこと与作(よさく)。ストーンカッターでドワーフの東雲。ファーマーのハンネス。

全員、顔が見えたから分かる。名前が分からない三名もその姿を風霊の村で見た覚えがある。

「生産職の選抜チーム、ですか？」

「そう。私も後衛で名前が挙がってたけど今回もパス。痛覚全開はキツイもの」

マルグリッドさんはそう言う。

マルグリッド　レベル12
ラピダリー　待機中

確かに【識別】してみたらマルグリッドさんも結構なレベルに達していた。確かに選抜されていてもおかしくない。

登壇した両チームへの歓声も明らかに異なって

いる。やはり注目チームは違う。

だが試合はすぐに決着してしまった。相手は決して弱くない。全員、レベル12だったのだ。

与作達のチーム戦術は単純そのもの、力押しだった。しかも前衛四名後衛二名で前掛かりの変則構成。与作と東雲が並んで真正面から挑み、その両翼をブラックスミスとハンネスが遊撃として動いていた。半包囲する前に反撃を何度も喰らいながら前進を止めなかった。呪文で築かれた土壁もあったのだが、力技でぶち壊して進んだ。

相手の前衛は三名、しかも二名は相当な重装備だった筈だ。その壁は噛み砕かれた、という表現が適切だっただろう。両手斧と重槌に盾ごと吹き飛ばされてましたよ？　何あれ？

両翼の遊撃が攻撃を加えるまでもなく、前衛が沈黙していた。単純明快だ。それでいて見事。

相手チームだって何もしていなかった訳ではない。与作と東雲が力だけで蹂躙（じゅうりん）した格好だ。

「ねえ、キース」

「何でしょう、マルグリッドさん」

「貴方（あなた）なら、あれ相手にどうする？」

「何も。普段通りに当たって砕けろで」

「それはまた男前ねえ」

「互いに策を弄する余裕は無いと思いますよ？」

「そう？」

正直な感想を言えばそうなのだ。問題は与作だけじゃない。並んで戦闘を展開する東雲も与作に劣らない脅威なのが分かる。考える余地など皆無。正直、真正面から戦ってみる以外無いと思う。

サモナー二名と召喚モンスター四体で構成したチームも登場した。昨日見た顔だよな？　前衛にウッドゴーレムとビッグクラブを並べ、タイガーとウルフで消耗を強いる戦術であった。でも残念ながら敗北。ウッドゴーレムが相手チームの集中砲火で沈んでしまってからは常に劣勢になってしまった。尚、蟹は最後まで善戦してましたよ？

「今の試合、敗因は何でしょう？」

　オレの右隣にいるイリーナの質問であった。

　まあ思う所は当然ある訳だが。

「呪文で支援出来るにしても後衛二名に絞られるからな。強化呪文の掛け合いになってしまえば分が悪いのは当然だな」

「壁役の召喚モンスターの特性を活かしてたとは思うのですが」

「そうだな。相手チームは全員がレベル10超えだったし、大健闘だったと思うよ？」

「途中で手は無かったんでしょうか？」

「前衛の一名を先に倒しきっていたら展開が違っていただろうな」

　そう、途中で勝機はあった。前衛が戦線離脱寸前にまでＨＰバーを減らしていたのだが、後衛の回復呪文が間に合ってしまった。

「状況を冷静に俯瞰で見られるかが大切かな？」

「確かに」

　イリーナも考え込んでしまう。そう、それはサモナーでチームを組む全員に共通する課題だろう。無論、オレにだって言える事だ。

　第二回戦は続く。見応えのある試合ばかりだ。どの試合も面白い。個人戦と様相がまるで違うのがいい。二試合、バードを後衛に据えたチームの戦いを見た。全員で防御を固めてバードの呪歌と呪曲で与えるＨＰダメージの効果を最大限活かそうとするチーム。その逆でバードの支援を攻撃力向上に使い速攻を仕掛けるチーム。編成によるだろうが、戦略が真逆だったのは興味深い。

精霊はわりと良く見る。これがまた難しい存在だ。精霊は長時間、顕現出来る訳ではない。だからこそいなくなるまで耐え切る、という選択をする相手チームが多かった。それが良い方向に転ぶ事もあれば、悪い方向に転ぶ事もある。それが果たして正解なのか？　分からない。オレは真っ先に倒しに行ったが正解とは言い難いだろう。

無論、オレと同様に先に倒そうとするチームもいた。だがそれには呪文の支援が要るし、攻撃呪文にしても何発か叩き込む必要がある。

だが精霊を使っていたチームの勝率はそんなに高くない。使い所が難しいようだ。プレイヤー一名分の活躍を得られずに終わると悲惨だ。どの精霊にもそれだけの能力があるだけに召喚主であるエルフの判断力が問われている。

面白い。そして興味深い。普通に楽しんでいたつもりが、脳内で別の事を考えているオレがいる。

どうする？　オレなら、どうする？　答えは常に前傾姿勢、になっちゃうんだけどな。

第二回戦が全て終了したのは午後三時前だった。試合進行が思いっきり速いってのもあったが。

「あー堪能した！」

「個人戦とはやっぱり全然違うわね」

感想は概ねそんな所に集約されるだろう。事前に分かっている事ではあるが、目の当たりにすると意味が違ってくるだろう。具体的な比較対象が出来る。うん、いい事なんじゃないかな？　運営が企図しているのも案外単純かもしれない。

「じゃあ私達はここで！」

「お疲れ様でしたー」

何故だろう。アデルとイリーナに両脇をブロックされてる気がするのだが。マルグリッドさん一行とは臨時試合場の外で別れる事になった。

おい。何を企(たくら)んでいるんだ？　分かるけどさ。

「つまり、今日のお披露目会だな？」

「え？　え？」

「えっと、実は」

「どうせ暇だしいいぞ」

まあそんな所なんだろうな。予想はしてたし、悪くないと思うぞ？


だが予想外な事もあった。参加者が昨日から更に増えてました。今日の集会は最初から変則になった。参加メンバーが集まった所でオレがインスタント・ポータルを展開。その中で交流会兼食事会をする事になってしまった。当たり前だが一番の利点はログアウト出来る事だ。宿をレムトの町に求めなくてもいい。

「広さは限られています！　対戦モードの使用は控えてね！」

そう、インスタント・ポータルの広さなのだが、サッカー場程度なら楽に入る広さがある。その中で対戦モードを展開するのは楽に出来るのだが、それが憚(はばか)られるほどに人が多い。いや、サモナー以上に召喚モンスターが多い。何なの、このカオス？　ふれあい動物園みたいだ。

そんな中でも大きな話題を呼ぶ存在がいた。

「エルフのサモナーでヒョードルです」

そのエルフは可憐(かれん)であった。でも男の子。

そのエルフは小さかった。それでいて男の子。

そのエルフは美形であった。エルフだし当然。

まだレベル4で大会には出場していないようだが、オフ会参加の為に来たのだとか。

「か、可愛い」

「ね？　ね？　お姉ちゃんって呼んで？」

「これは、いける」

周囲の声はこんな感じだ。

逃げて。ヒョードル君、逃げて！　オレを含めた男性陣の心からの声は通じなかったようだ。お姉様達に捕まってしまってます。

済まない。救出には行けない。

そんな自信はないのですよ。

彼、初日には来ていたそうだが、昨日はいなかったよな？　目立つし。つかアレだ、召喚モンスター以上に人気者？

それに加えて男性陣の心を奪うような存在ががが。マーメイドだ。しかも昨日から更に増えて四体になっている。その可憐な姿は癒されるとしか言いようがない。インスタント・ポータルの端は川にまで到達していたのが良かった。その一角は男性サモナーが集結しているように見える。四体とも個性があっていい。それに魅力的です。特に胸元とか。

恥ずかしがってる表情とか。

ちょっと怒ってる表情とか。

「この変態共めっ！」

女性サモナーにしてマーメイドを昨日披露してくれた此花さんが怒ってます。その怒声に反応してる奴もいたりする。ヤバい。本物の変態がいるのではないかな？

「皆の衆！　メシが出来たぞ！」

今日はアデルもイリーナも料理を手伝っていたらしい。プレイヤー達に配ってました。その周囲を召喚モンスター達が駆け回っていてカオスだ。

今日は互いに披露する事はせず、互いに好みの子をナデナデする事がメインになりつつある。

大丈夫か？　まあ大丈夫なんだろうけど。

オレが召喚している面子(メンツ)は？　狼のヴォルフ、妖精のヘザー、狐のナインテイル、虎のティグリス、それに獅子のレーヴェだ。ナデナデされる事が前提のメンバーで固定です。

何名かは一旦ログアウトして戻ってからも参加している。これはマズい。不夜城になるぞ？

そういうオレもイリーナ配下の蛇のトグロを枕にしてこの狂乱の宴(うたげ)を眺めていたりする訳だが。

大会についての話題？　何ですか、それ？

ヒョードルくんがオレに質問しようとしていましたが、あっという間にお姉様達に拉致されていた。済まないね。オレ、君を助けてあげる事は出来ないんだ。ゴメンよ。

「こういう会になるとは思っていましたけど」

「ま、こうなるよな」

「想像以上でした」

「アデルを見ていたら想像出来たと思うが？」

イリーナは呆(あき)れ顔(がお)だが、君だって大差ないぞ？　妖精のヘザーやミュレを愛でている時の様子を見せてあげたい。そういえばフェアリーも何体か増えてるみたいです。人気があるんだな。

目の前を狐軍団が駆け回る。その後ろを追いかける狼軍団。微笑(ほほえ)ましい？　いや、頭が痛い。

「そういえば予選第三回戦に進んだのは？」

ここに集まったメンバーでは三チームだけになっている。少ないか？　いや、サモナーの数のわりには多いか？

「今日来られなかったサモナー同士で組んでるチームがもう二つありますね」

「やっぱり減っちゃうよな」

「本選は三十二チームか。サモナーさんは行くとして、もう一チーム予選突破出来たらいいなあ」

待て。待て待て待て待て！

オレは確定枠なのか？　結構強いチームも見掛けるんですけど！

時刻は既に午後九時を過ぎた。歓談は二次会三次会の雰囲気になりつつある。同好の士が必ずいるものだから会話が弾んでいるのは分かる。でもね、夜更かしするのもどうかと思うぞ？

「そろそろお開きにするよ！」

春菜の号令で一本締めが行われた。しかしまあなんだ。酒が入ってないのによくもまあここまで盛り上がれるものだ。

「じゃあ私もログアウトするかね」

「キースさん」

「うん？」

「明日の朝もまさか」

「ああ、対戦か」

アデルとイリーナが身構えている。実はジェリコについての工夫はもう一手、考えてはいたんだが上手くいく自信はまるで無い。出来れば相手が欲しかった所なんです。

「何回か相手をして欲しいんだがなあ」

「やっぱり！」

「もう少しハンデが欲しいんですけど」

「そうか？」

何を甘えているか。だが、まあそうだな。いい試みになるかもしれない。

「まあ、それはいいか」

「助かります」

まあオレとしても対戦相手を確保出来る意味の

方が大きいんですよ。頼みます。

ログインした時刻は午前四時。既にインスタント・ポータル内では何名か起きていて活動し始めている。挨拶を交わしながら周囲を見回すと、いた。

「やあ、おはようさん」

「「おはようございます」」

アデルもイリーナも既にログインしてました。

「今日の試合は何時からだったかな？」

「私達は九時ちょうど、新練兵場A面です！」

「会場は一緒か」

「あの、対戦はここで？」

「うん。まあどうにかなりそうだしな」

昨夜、インスタント・ポータル内でテント設営を端に寄せていたのが良かった。対戦が出来るだけの広さはある。つかもう対戦している連中がいたりする。数は少ないがギャラリーもいるようだ。

皆さん、早いって。

「順番待ちですね」

「まあそうだな」

「少しは手加減して欲しいなー」

「今日はちょっとやり方を変えるよ」

「えっ」

「それは？」

「私とジェリコと戦鬼だけで相手をする。少し試してみたい事があってな」

「試してみたい事、ですか」

「本番前にやはり確認しておかないとな」

朝飯までに対戦は六度こなした。戦績は四勝二敗。最初の二戦はゴーレムのジェリコと大猿の戦鬼が壁に徹しての防御戦を試してみたのだが、二連敗だった。やはりこれはいい方法じゃない。呪文で強化は出来るが迂遠に過ぎるし後手に回ってしまう。二戦とも時間切れ判定、敗北である。

　そしてその次からは戦術を大きく変えた。ジェリコをどう活かすか、その答えが出たかな？

「それ！　反則じゃないんですかあああああ！」

　アデルの抗議は聞き流すとして、どうやら使えそうだな。

「確かにゴーレムは移動速度が遅いのが欠点ですが」

「それを他の召喚モンスターに運ばせるって。やっぱり反則！」

「アデルちゃん、でもこの戦い方は有効だと思うけど」

「イリーナちゃん、あれに対抗するのって難しいよ！」

「だからよ」

　何をしたかと言えば、ジェリコを液状化させて、戦鬼に貼り付かせた。普段、スライムのリグにやらせている事を真似ただけだ。そして後衛のアデルとイリーナの傍まで強行突破、ジェリコはそこで元の姿になる。やったのはそれだけです。

　但し戦鬼の動きをやや阻害させているようだし、移動速度もリグの時よりも落ちる。それでもジェリコが単体で移動するより十分に速い。呪文で強化したらもっと速く移動可能だろうが、その必要を感じなかった。大丈夫だろう。

「だが新しい問題が出来たな」

「何でしょうか？」

「スライムのリグだ。今まではずっと戦鬼に貼り付かせていたんでな」

　そうだな、リグはオレに貼り付かせて、というのはどうだろう　重たいが走れなくはない筈だ。

ただ試す時間はもう無い。もう朝飯の時間だし、後回しにするか。


「キースさん、さっきの戦法なんですけど」

「うん？」

文楽の作ってくれた朝飯を片付けた後、イリーナが質問してくる。何だろうね？

「私も少しヒントを頂いた気がします」

「そうかな？」

「ええ。乱戦狙いならトグロは有効、ですよね？」

そうですね。でも今までだってトグロの特性を活かした戦い方をしていたと思うが？

「イリーナちゃん？」

「速攻に加えて乱戦に持ち込む戦術。私達にだって出来ると思うの」

「でも」

「うん、私達にとっては壁役がいなくなるってリスクはあるわね」

「まあ無理はしないように、な」

うん、そこは自己責任でお願いします。


「七時半になったら移動しますよー！」

食後もアデルとイリーナを相手に対戦をやってたらいつの間にか時間が過ぎてました。春菜と此花が移動告知をして回っている。

対戦でオレはリグを貼り付かせての戦闘を確認した。アデルとイリーナは速度重視、乱戦狙いの動きを確認。内容は充実していたように思う。

《只今の戦闘勝利で【回避】がレベルアップしました！》

《只今の戦闘勝利で【受け】がレベルアップしま

した！》
《只今の戦闘勝利で【木魔法】がレベルアップしました！》
《只今の戦闘勝利で【平衡】がレベルアップしました！》
幾つかのスキルもレベルアップしている。謎なのは【平衡】だ。確かにギリギリを狙って回避してたけど、まあいいか。

「すみません、同乗させて貰っちゃって」

「まあついでだしいいさ」

移動は昨日を上回る規模になった。そしてちょっとした変化もある。残月に跨がるオレの後ろには同乗者がいた。ヒョードルくんです！　馬の残月からしてみたら、リグを乗っけてもまるで問題にしないのだ。全然、大丈夫です。

彼はまだ馬を召喚モンスターに加えていないらしい。ついでに言えば【馬術】もないそうだ。

「やっぱり馬がいると便利ですか？」

「そうだな。色々とスキルも要るとは思うけど」

彼の肩には鷹が止まっている。そして足元には狼。ヒョードルくんの昼間の編成はこれがデフォルトのようです。


「じゃあ出発するよー！」

「オォーーーン！」

春菜が号令を下す。これに応じてヴォルフが上空に向けて吠えた。恐るべき規模の召喚モンスターの群れが動き出した。

行軍はゆっくりしたものであった。それでもレムトの町には試合開始前に十分間に合った。馬での移動だと余裕がある。

途中、襲って来た魔物は一匹だけでした。その勇者はホーン『ド』ラビット。いや、初期マップでは最も恐るべき魔物と言える相手なのだが、瞬殺でした。鷹達と梟達による連続急降下突撃を喰らってしまっては当然だと思う。その様子は正にホラー映画。猛禽軍団の中にはヘリックスも黒曜もいた筈だが、遠目だったから見分けはつかなかった。それにしても数の暴力、恐るべし。

「今日の夕方が交流会の最終日ですよー！」
「是非参加してねー！」

レムトの町に到着。大集団だったので町の外で解散する事になった。そして春菜と此花が交流会の告知をしていました。まだアレをやるのか。いや、ようやく終わる、という認識でいいのかな？楽しめるからいいんですけどね。

「では行くか」
「「はい！」」

試合用の召喚モンスターの布陣に入れ替えてレムトの町に入る。まだ試合は始まっていない。でも町の熱気は大いに高まっているようであった。

アデルとイリーナとは同じ控え室だった。そしてオープニングからいきなりアデルとイリーナの第三試合が始まりました。さて、今回はどんな戦い方を見せてくれるのかね？

「では行ってきます！」
「また後ほど」
「ああ。ここで見てるぞ」

控え室近くの特等席を確保して対戦相手の様子を窺う。どうやら相手は格上のようだ。

？？？　レベル12

ファイター　待機中
?・?・?　レベル12
ファイター　待機中
?・?・?　レベル11
トレジャーハンター　待機中
?・?・?　レベル11
ハンター　待機中
?・?・?　レベル12
ソーサラー　待機中
?・?・?　レベル12
ソーサラー　待機中

それにしても変則的な編成だ。ファイターは二人とも重装備の壁役。共に重たそうな盾。手にする得物はメイスに片手剣だ。これにトレジャーハンターが前衛を担うスタイルか？　ハンターはスタンダードに弓使い、後衛のソーサラーは二人とも杖持ち、呪文の火力に要注意って事になりそうだ。

戦闘ログは勿論、この試合は動画を撮っておこうかね？　使い方を仮想ウィンドウで見ながら操作を進め、どうにか試合開始に間に合った。

試合開始直後から激しい動きが起きた。蛇のトグロが真正面から突撃。狼のうーちゃんが細かくステップを踏みながら前衛に迫る。アデルとイリーナは各々、虎を引き連れ左右に散った。

大胆だな。戦力の分散はリスクが大きい。その狙いは何か？

これに対して相手チームはどう動く？　こっちも左右に展開した。ハンターはアデル、トレジャーハンターはイリーナと急速に接近する事になってしまった。互いに意表を衝く形になったか？

足を止めたのはハンターだ。一瞬、判断に迷ったか？　後方に戻ろうとした。その一瞬が致命的だった。虎のみーちゃんに足を噛まれてしまい、ついでに引き倒されてしまった。アデルはそれに構わず武技を繰り出し続けている。

『スナイプ・シュート！』
『スナイプ・シュート！』

イリーナもまた武技で押し通すようだ。こっちも虎の三毛が奮闘、ダメージを喰らいながらもトレジャーハンターを転がしている。

迷っていたのは前衛の壁役のファイター二人に後衛のソーサラー二人だ。まあそうなるよな。

正面の蛇と狼を攻撃するか？

仲間を助けに行くか？

後衛のソーサラーの選択は防御だった。

『ストーン・ウォール！』

トグロの前に土壁が出現する。トグロは蛇らしい動きで土壁を這って登っていく。狼のうーちゃんは？　土壁を回り込む動きを見せる。

前衛のファイターが壁の両脇から現れた。うーちゃんは挟撃から逃げるように距離を置いた。トグロは土壁を越えてファイターを無視し、後衛のソーサラー二人に迫った。

後衛二人が混乱に陥る。トグロは後衛のみを狙っていた。だがすぐに後退を始める。前衛のファイター二人が戻ったからだ。

イリーナの壁になるようにトグロが立ちはだかり威嚇する。アデルの壁になるようにうーちゃんが位置を変えつつ後退する。虎二体は獲物を食い漁るように各々の獲物に攻撃を加え続けていた。

まずは相手チームから二人、排除を優先させるようだ。元々はトグロによる後衛奇襲が目的だったように見えたが、遊撃に動いた二名を先に片付ける事にしたみたいだ。予想通りとはいかなかったようだが、遭遇戦で有利に立ったので御の字と言えるだろう。


『フィジカルエンチャント・ファイア！』

『フィジカルエンチャント・アース！』

アデルとイリーナが呪文で強化する。

うーちゃんは筋力値、トグロは生命力が強化される。この二体を攻撃の軸にするつもりだな？

相手チームは仲間を救出する選択をしたようだ。前衛後衛の四名がイリーナに向けて動き出す。

イリーナは、というと何と退き始めた。トグロはその場で威嚇し続けた。


『骨砕き！』

『獣断剣！』

『グラベル・ブラスト！』

『ウィンド・カッター！』

『スナイプ・シュート！』

『スナイプ・シュート！』

トグロ、そしてイリーナに攻撃が集中、これに反撃も加えられた。ソーサラー、しかも片方にだけ矢が集中されているのが分かる。

トグロは武技を完全に避けられずダメージを喰らいながらも良く耐えていた。反撃しながらも、退く。三毛はトレジャーハンターを仕留める寸前だったが、ついに退いた。仕留めそこなった？

いや、もう一方のハンターが仕留められているようだ。イリーナ、トグロ、三毛がかなりダメージを受けたが、引き換えにハンターが戦線離脱だ。

ソーサラー達の後ろからうーちゃんが襲い掛かっていた。完全に奇襲！

彼等は見逃していたのだ。自分達が築いた土壁が邪魔で見えなかったか？　矢を喰らい続けていたソーサラーが一気に瀕死寸前に陥る。

『スナイプ・シュート！』

アデルの放った次の矢がそのソーサラーの体に吸い込まれＨＰバーが砕け散った。これで数的優位は成った。


『アース・ヒール！』

相手チームもトレジャーハンターを回復させて戦力維持に努めようとするが既に戦力差は明らかだ。そしてアデルとイリーナの方針も変わりつつある。最初は前衛のファイターを後回しにして、徹底的に後衛を潰すつもりだった筈。前衛のファイターの足が遅いのを見越して、弓の射程と機動力を利用するつもりだったのだろう。まあ召喚モンスターの特性があっての戦術だな。

これが幸運にも最初の遭遇戦で数の優位に立てた。その優位を確保し続ける戦術に切り替えた。

今は残っているソーサラーを弓武技『スナイプ・シュート』で徹底的に狙い撃ちだ。うーちゃんとトグロもソーサラーだけを狙い続ける。

前衛のファイターとはまともに戦闘せず、距離を置く。ソーサラーが倒れた後はトレジャーハンターだった。徹底してる。

ファイター二名が残った所でギブアップするか、とも思ったが彼等は最後まで粘った。それだけに最初の選択は惜しい。挽回出来る機会は開始直後にあった筈なのだから。召喚モンスター四体に集られ、矢を受けながらの奮戦も空しく、相手チームは敗れ去った。


「おつかれさん」

「勝ちました！」

「最初、ビックリしちゃったけど」

「互いに意表を衝かれたな」

「ですね」

「でもラッキー？」

ま、そうだよな。だがやりたかった事を最後まで徹底したのが一番良かったと思うぞ？　口には出さないけどな。

「次は私の番だな」

「B面でしたね」

「観客席から応援します！」

絶対に勝てる、とは言い切れない。だが観戦するに足る戦い振りは見せておかないと！

オレの出番はもうすぐだ。事前に確かめた策も相手によっては使うかもしれない。使わないかもしれない。後は流れでお願いします。

「キースさんですね？　試合開始が迫ってます。こちらへ」

職員さんに案内され、試合場に向かう。対角線の先には既に対戦相手らしきチームがいる。

？？？　レベル10
ファイター　待機中

？？？　レベル12
ファイター　待機中

？？？　レベル10
ファイター　待機中

？？？　レベル11
トレジャーハンター　待機中

？？？　レベル11
ソーサラー　待機中

？？？　レベル10
ソーサラー　待機中

相手はこんな感じではあるのだが気になるのは
ファイター達の装備だ。一人は刀を所持し盾は
持っていない。一人は剣を二本所持し盾は持って
いない。一番レベルが高い一人は何も持っていな
い。勿論だが盾も持っていない。但しその手甲は
妙にゴツいんですけど！
盾持ちがいないとは潔い連中だ。前衛の三名の
うち二名は攻撃に特化している事は丸分かりな訳
だが、これは観客として見たかった！
後衛はどうか。ソーサラーは二名とも杖持ち。
トレジャーハンターも注目すべきだな。こいつは
二刀流スタイルの可能性がある。短めの剣を二本
所持、そして肩ベルトに投げナイフ？
このトレジャーハンターの動きがどうなるのか、
読めないな。選択肢が幾つもある。前衛に出るの
か？　後衛から投げナイフで支援？　それとも遊
撃？　後衛ソーサラーの護衛、というのもアリ
か？　まあ戦ってみれば分かる事だ。何よりもオ
レの興味は格闘スタイルのファイターに向いてし
まう。いや、本当に観戦したかった！

開始十秒前。
互いに、礼。
やや腰を落として呵責の杖の感触を確かめる。
召喚モンスター達には大まかな指示はしてある。
あの手順で行こう。
開始三秒前。オレの足元にはスライムのリグが
いる。普段なら最初から戦鬼の背中から肩にかけ
て貼り付いているが今は地上だ。
そして試合開始！

「練気法！」「メディテート！」「ブレス！」
『練気法！』

『メディテート！』『ブレス！』

『メディテート！』『ブレス！』

互いに武技で強化。

そして全員が動き出した。


オレが武技を使っている間にリグはオレの背中に這い上がっている。大猿の戦鬼にもゴーレムのジェリコが液状化して纏わり付いていた。鬼の護鬼は両手に剣と片手斧を構え前へと駆けて行く。

狼のヴォルフは先行、前衛に突撃した。いや、突撃に見えるだろうな。最初は相手チームの間合いには入るな、とだけ指示してあるのだ。目的は乱戦狙い、つまり普段通りです。

ソーサラー二名が呪文詠唱しているのが分かる。トレジャーハンターは剣を片手に構えてソーサラー達の壁役を担うようであった。

そうか。そう来るか？

前衛の二刀流戦士がヴォルフを迎撃する形だ。


他二名はオレに突っ込んできやがる！

彼等も乱戦を望んでいる？


「フィジカルエンチャント・ウィンド！」

戦鬼の敏捷値を底上げする。

すぐに次の呪文を選択して実行。

目の前には格闘スタイルのファイター。

拳が連続で繰り出される。

綺麗なワンツーだ。

だが優先すべき相手はこいつじゃない。

ダッキングだけで避けると脇を抜けて後衛のソーサラーを目指す。

後方から蹴りが飛んできたようだが無視した。

リグが攻撃を受け止めたようで衝撃は無い。

『ストーン・ウォール！』

「ガッ！」

戦鬼の目の前に突然、土壁が出現する。

まともに衝突した。

頭に来たのか、壁を思いっきりぶん殴った。

ぶっ壊す勢いだな！


『ファイア・ウォール！』

「チッ！」

オレの目の前には炎の壁かよ！

当然、熱い。だが然程ではない。

リグがオレの上半身をガードしてくれている。

有難い事にダメージもそう大きくないようだ。

あって良かった火耐性。

壁を抜けた先には？

トレジャーハンターが目の前にいました。


「グラビティ・バレット！」

至近距離から直撃。

放たれた投げナイフはオレの肩に吸い込まれている。まるで痛くない。リグはオレの上半身をうねる様に移動しつつ防御に徹している。愛い奴め。

普段、戦鬼が攻撃に集中出来るのも納得だ。

トレジャーハンターは姿勢を崩しながらもソーサラー達の前で踏ん張るつもりらしい。いい覚悟だ。オレも杖で突くのだが守りは堅い。


ソーサラー達の呪文詠唱が聞こえている。

来るか？

来るんだろうな。

タイミングを合わせろ！


『コンフューズ・ブラスト！』

『ファイア・ストーム！』

「ディメンション・ミラー！」

呪文攻撃を反射。

そしてすぐに次の呪文を選択して実行。

隙を見せたトレジャーハンターの腕に呵責の杖を叩き付けた。右の剣を落とす事に成功。そしてトレジャーハンターの脇を抜けてヴォルフがソーサラー達を襲いに向かった。

後衛を先に潰す。もう少しで、成るか？


同時に戦鬼もソーサラーに迫るのが横目に見えた。前衛を突破してきたらしい。

ジェリコは？　二刀流ファイターを地面に倒して殴ってました。あれは詰んでる。間違いなく、詰んだ。

刀ファイターは護鬼を相手に拮抗しているようだ。護鬼はどちらかと言えば受けに回っている。

牽制、それに足止めで十分です。


オレの手から呵責の杖が吹き飛んだ。

後方からの蹴り。

あの格闘ファイターの仕業だな？


「エネミー・バーン！」


オレに迫っていたトレジャーハンターに呪文を撃ち込む。一瞬でＨＰバーが大きく削れた。追撃で顔を殴って仕留めた。では次だ！

今度は格闘ファイターに正対する。

互いに、無手。

互いに格闘戦のスタイルか！


リグが背中から足を伝って地面に移動していく。オレがそうさせた。防御を疎（おろそ）かにする訳ではない。

単純に、興味がある。

こいつはオレの獲物だ。

他の連中は好きにして良し。

但しこいつには手出しするなよ？

相手の構えはオーソドックスなボクサーか？

いや、アウトファイターか。

カウンターパンチャーのように見える。

軽やかなステップ。

腕が一定のリズムで軽く揺れている。

ジャブが飛んでくる。

速い。そして正確だ。

腕のリーチはオレよりも明らかにある。

パーリングで凌ぎながら観察を続ける。

彼の立場であれば、ここから勝利する唯一の手段は何か？　オレを倒す事だ。

これを狙っているのは間違いない。

その目はまだ闘志に溢れている。


相手の後方で二刀流ファイターが戦闘除外となっているのが見えた。ジェリコは護鬼の支援に回るようだ。ソーサラー二名も無力化されるであろう事はもう明白だ。呪文詠唱は聞こえない。

かなりスッキリしてきた。

残るは目の前にいる格闘ファイターだけだ。

『シッ！』

僅かな声が漏れ、ジャブが飛んでくる。


ジャブだが、重い。

パーリングで凌げるが、攻め込む隙が無い。

蹴りで足を払う。

だがステップバックが速く当たらない。

それでいて重心がブレていないのだ。

やってるな。

ボクシング経験者なのは間違いない。

それに武技を使ってこない。

オレもそうだが、武技を使うよりも実際に自分で身に付けた動きの方が良く馴染むからな。

いい動きをしている。


タイミングを合わせよう。

左ジャブの戻りに合わせて前に、出る。

無論、ワンツーのタイミングで右ストレートも撃ち込まれているが、オレはボクシングで勝負している訳じゃない。

ヘッドスリップで右をスカし、その右手を掴む。

そして腕返し。

だが相手も仕掛けてきていた。

首元を押されて腕返しを防がれてしまった。

足を、払われる。足を上げて避けた。

だが次々とオレの足元目掛けて足払いが飛んでくる。その合間にジャブとフックのコンビネーションも交えてきやがる！

ボクシングだけじゃなかったか。

こいつはグラップラー、総合格闘家だな。

楽しめそうじゃないの！


内股が飛んでくる。

すかす事はせず、そのまま受けた。

受けきった、と思ったら隅返しに変化する。

逆らわずに地面に投げられた。

狙いは、技を掛けてきた足だ。

足関節、ヒール・ホールドを狙う。

極まって捻（ひね）った、と思ったが体を回転させて逃（のが）れようとする。逃げ方を知っていた。寝技も出来るようだな！

背中を見せた所で首を狙ったが、足を素早く抜くとそのまま体ごと前転して距離をとられた。

そして柔術立ち、か。

いいね！

もうグラップラーと認識するしかないね！


相手の構えが変わった。

左足が思いっきり前に。

肩が下がった。

ボクシングならばヒットマン・スタイルか？

だがジャブは飛んでこない。

ほぼ半身の姿勢、前に重心を預けているが。

誘ってる？

誘っている、よな？

前に出ている足だ。

タックルに来い、と言ってるようなものだ。

じゃあ、行こうか。

誘い？

それでも構わない。

姿勢を低くして、迫る。

ノーモーションで左拳が撃ち込まれて来た。

縦拳だ。速い！

掌で逸らす。

すぐに右が撃ち込まれる。

ヘッドスリップで避け、きれなかった。

掠りましたよ？

更に左拳。

回り込んで捌く。

順足追い突き。

パーリングで叩き落として足を払った。

足を上げて避けられる。

そこにフックを合わせた。

パーリングされた。

いや、回し受けだな。

捌かれてしまった。

近距離から打撃を浴びせてやるが、ヘッドスリップとダッキングとパーリングで凌がれるか。


『ッ！』

「フッ！」

互いに距離をとった。

今の動きは空手か。防御はボクシングの技術が主体。投げにも対応してたから組み付いたとしても有利とは限らない、か。

面白い。

だからこそ、面白い。

オレも構えを変えた。両手を頭の高さにまで、アップライトに構える。重心は気持ち後ろに。ムエタイ風味で行こう。


目的はシンプルだ。蹴り主体で攻める。

多数を相手にするには蹴り技は不利だ。それな

のにムエタイで蹴りが多用される意味は何か？

単純明快、間合いで有利。威力が高い。そして何よりも思考の差がある。ムエタイで相手を無力化する、というのは相手を殺す事を意味する。

蹴りを出す。

ジャブ代わりに前蹴りを放つ。

合間にミドルキック。

蹴りまくった。

主導権はこっちに傾いたか？

周囲を一通り確認出来た。

やはり目の前の相手以外は片付いている。

召喚モンスター達は完全に観戦モード。

ヴォルフは大きく欠伸（あくび）している。

うん、そのまま動かないでね？


相手も踏み込む覚悟を決めたようだ。

オレの腹はガラ空きである。

誘っているのだ。


ムエタイ相手に近接距離で警戒すべきなのは？

膝、肘、首相撲。

普通に考えたらそんな所だろう。

何をどう仕掛けてくるかね？

だがオレの体が先に動いた。

蹴りを放った直後。

更に一歩、前に進んだ。


相手の距離だ。

当然、拳が襲ってくる。

ダッキング。

そしてヘッドスリップで左拳を避ける。

同時に腕を外側から回した。

首を支点にして、左腕を極める。

だが左腕の内側から右手で肘を押して防御してやがる！　やはり防ぎ方を知っていたか。

体を反転しながら相手の懐に入る。

腕を引き込むようにして肩に担いだ。

一本背負い。

我ながら綺麗に投げた、と思う。

投げ終えたらすぐに首を狙う。

変形の片羽絞めになった。

構うものか！


膂力（りょりょく）は相手の方が上だ。

絞めが極め切れない。

腕を組んで浮いた腕を押して抵抗している。

最後まで諦めない、か。

益々（ますます）、気に入った！

体重を一旦預け、今度は完全に寝転がる。

胴体に足を回して組む。

背筋を使って絞める力を強めた。

カウンターでオレが組んだ足を極めようとして来ている？　こっちが優勢で間違いないが、油断ならんな！


彼は本当に、最後まで諦めなかった。

ギブアップする事なく、ＨＰバーが消えるまで寝技の攻防は続いた。

こんな戦いは久し振りです。

気分が良かった。

ブザーが鳴るとインフォが流れた。

《試合終了！　戦闘を停止して下さい！》
《只今の戦闘勝利で【打撃】がレベルアップしました！》
《【打撃】武技の掌打を取得しました！》
《【打撃】武技の貫手を取得しました！》
《只今の戦闘勝利で【蹴り】がレベルアップしました！》
《【蹴り】武技の回し蹴りを取得しました！》
《只今の戦闘勝利で【関節技】がレベルアップしました！》
《【関節技】武技のアームロックを取得しまし

た！》

《【関節技】武技のヒールホールドを取得しました！》

《只今の戦闘勝利で【投げ技】がレベルアップしました！》

《【投げ技】武技の巴投げを取得しました！》

《【投げ技】武技の一本背負いを取得しました！》

唯一人、最後まで残っていた格闘ファイターが起き上がる。両手で握手した。

「参りました、あざした！」

「ナイスファイト！」

格闘ファイターはオレの傍に戻ったヴォルフの頭にも手を伸ばして撫でていたりします。だが試合はちゃんと終わらせないとね！

互いに試合場の対角線に並んで、礼。

試合も良かったが、終わり方も清々しいな。

《予選第四回戦に進出しました！　第四回戦は本日午後零時三十分、旧練兵場A面の予定となります》

激戦だったのはオレだけでヴォルフ達は楽だったみたいだが、まあいいか。次の試合まで間がある。観戦する時間は十分にあるだろう。

『おつかれさまでーす！』

『ここで観てました』

テレパスが飛んできていた。アデルとイリーナです。観客席を見渡すと手を振るアデルの姿が見えた。いや、そんな事をしなくても召喚モンスター達がいるから相当目立つよ？

『次の試合は旧練兵場になった。そっちは？』

『ここですね』

『時間は午後イチです！』

『じゃあここで引き続き観戦してから早めの昼飯にするか』

『了解です』

『じゃあここで待ってます！』

ヴォルフ以外の召喚モンスターを入れ替えて観客席に向かった。明らかに異様な一角だ。つか、数が増えてないか？


「ども！」

「お見事でしたね」

「最後はまるで個人戦でしたね」

「面白かったですよー」

サモナーの数だけで十名以上いる。猛獣系こそ少ないが、猛禽類が多い。鷹と梟の集団になる訳だがおとなしくしているようだ。まあオレ配下のヘリックスと黒曜もおとなしいし周囲に迷惑をかけてなければ大丈夫、かな？　結構、威圧しているような気もするが。


「動画は撮ってありますけど、見ます？」

「まあ後で、だな」

イリーナに外部リンクを教えて貰いました。オレもアデルとイリーナの試合動画と戦闘ログをそこに放り込んでおく。

「サモナー関係で残っているチームはあとどれ位あるんだ？」

「私達二チームを除くとあと一チーム？」

「確認出来るか？」

「今、してます。第四回戦進出は三チーム、もう一チームが第三回戦の結果待ちですね」

そうか。つか情報網凄いな！

「掲示板も相当熱くなってますねー」

「予選も三日目が一番見応えがあるからな」

その後も周囲のサモナー達と雑談しながら観戦

を楽しんだ。ま、半分はイリーナ、此花、春菜が相手でしたが。アデル？　ヴォルフと戯れてましたが何か？　ま、それはいいとして、確かに見応えがある。不戦勝もあったりするが、概ねいい試合内容が続いた。

ここまで来るとチーム内の連携がいい所が勝ち上がっているようだ。目の前の試合でもレベル的に格下のチームが勝ち上がっていたりする。

レベルは目安でしかないのは分かっている。勝ち上がってきているチームはどこも油断出来ない。レベル的に格下であったとしてもだ。


「先に昼飯を片付けておくか」

「試合進行、速いですよね？」

「次も頑張って来るぞっ！」

「いってらー」


アデルとイリーナを連れてサモナー軍団の面々と別れると食事を摂りに行く事にした。今日もリック達が露店と屋台をやっている事だろう。


「来たよー！」

「おじゃまします」

「あら、いらっしゃい」


昼前の時間だ。まだ客は少なく、優香とヘルガが温かく迎えてくれた。


「試合前なんで軽く食べに来ました」

「つまり勝ち上がってるんですね？」

「キースさんは圧勝！」

「私達は辛勝って所でしょうか」

「試合は午後？　応援に行きたいわ」

「恥ずかしい戦いは見せられないね！」


女性陣が盛り上がってるな。

「キースさんの試合予定は？」

「午後零時三十分、旧練兵場A面、だな」

「私達も試合が終わったらすぐ見に行きますね」

「さっきみたいなタイマン勝負は心臓に悪い！」

食事を摂り互いの動画を視聴しながら雑談は続く。確かにあの格闘ファイターと一対一の勝負をしたのはやり過ぎだったか？　アデルは面白がっていたが。

いいじゃないの、楽しかったんだし。

第四章

食事を摂(と)り終えるとそれぞれの試合場へ向かった。優香(ゆうか)とヘルガも観客席へと向かうのを横目で見ながら旧練兵場の受付を目指す。

次の相手は？

まあ誰でもいい。楽しめたらいいさ。

「すみません。すぐに試合になりますので」

受付で職員さんに直接言われちゃいました。前倒しで進行するにも程がある。

そして会場に入ってその理由が分かった。この旧練兵場では二面しか試合場を設定していない。試合がすぐに決着してしまうと、客が飽きてしまうのだ。前倒しにするのも理由があるのね？

召喚モンスターの陣容は既に試合用に変更してある。職員さんにＨＰ ＭＰ(マジックポイント)を全快にして貰(もら)ってある。装備も確認済みだ。

さあ、次の相手はどんなチームだろう？

試合場に立って対角線の先を見ている。相手チームらしき姿は見えない。もう一方の試合場では歓声が上がっているというのに。こっちの観客は静かなものだ。

誰も来ない。試合開始予定時刻の午後零時三十分を過ぎた。試合場に職員さんが登壇する。

「第四回戦、本試合は不戦勝です！」

うん、ちょっと納得いかないな！　何があったんだろうか？　そう言えば、前回の個人戦の時も予選で相手が来なかった事があったよな？

折角、予選を勝ち上がったのに。彼等(ら)に負けたチームに対して失礼じゃないかな？

《予選第五回戦に進出しました！　第五回戦は本

日午後二時三十分、新練兵場B面の予定となります》
　ああ、貴重な戦闘機会がこんな形で終わってしまうなんて。本当に残念！

『キースさん、ここですよー』

『おつかれさまです』

『いや、試合はしていないんだけどな』

　アデルとイリーナも来ていたようだ。テレパスで会話しながら合流する。


「で、二人はどうだったんだ？」

「残念ですけど」

「負けちゃったー」

「試合内容は？」

「優香ちゃんが動画で撮ってくれてます」

「あれは完全に嵌(は)められたよー」

　外部リンクのアドレスを送って貰う。早速、観(み)てみたいが移動が先だ。


「予選最後の試合は新練兵場になるが、行くか？」

「勿論(もちろん)です」

「見てるだけで勉強になるよ！」

　そうそう、見取り稽古も大切だからな。勉強、とは周囲から強いられるからこそ勉強なんですよ。自分で学び取るようになったら、それはもう学問になる。まあここはゲームだけどね。

　新練兵場の前で優香とヘルガと合流。

　観客席で一緒に観戦する事になった。


「第四回戦に生産職選抜が出るので」

「また蹂躙(じゅうりん)、かなあ？」

　ヘルガがさらりと怖い事を言う。与作(よさく)がいるあのチームか。まあ、今までもそういう戦い方をしてたんだろうな。分かる気がする。アレとまともにぶつかって戦えばどうなる事やら。

試合と試合の合間にアデルとイリーナの試合の様子も視聴してみた。相手はスタンダードなバランスのとれたチームだった。前衛はファイター三名、二名が盾に剣、一名が盾にメイス。後衛は杖持ちソーサラー二名に弓メインのトレジャーハンターだ。レベルはソーサラー一名だけが12であるが、他の五名は11か。普通に見える。何が敗因だったんだろうな？

見終えた第一印象は？　これ、サモナー相手に戦う事を研究してたよな？

「分断されたのが痛かったな」

「ええ。壁呪文は想定してましたけど」

「落とし穴はちょっと想定外ー」

一番大きかったのが土魔法の攻撃呪文、ピットフォールを喰らった事だ。壁呪文を利用して誘導した上で虎のみーちゃんと三毛を落とし穴に嵌めた。前衛の枚数が足りなくなった所で先にイリーナが戦線離脱、トグロと三毛も同時に除外された。

そこから先は一方的な展開に。アデルとうーちゃんが頑張って前衛を一名、戦線離脱させたのがせめてもの抵抗か？

だが見所は他にもある。前衛の役割分担と集中が見事だった。狼のうーちゃんを壁を使ってブロックしている辺り、召喚モンスターと戦う事を想定していたように思える。

つかこの戦法、迎撃する形に限定されるが、どの相手にもいい感じで対抗出来そうだな。弓矢にも壁呪文で対抗出来ている。

おっと、そろそろ与作達の出番か。相手チームもここまで勝ち上がってきているチーム、そう簡単にいかないだろう。見応えがあるに違いない。

「いっけー！」

「がんばれー！」

女性陣の声援を受け、生産職選抜チームの試合が始まった。


試合終了。決着まで時間は二分ありませんでした。力技もいい所でした。まるで参考になりません。見てて面白くはあったけどな！

重装備のファイター二名は与作と東雲がそれぞれ一分程で排除。後衛が浴びせてくる攻撃を受けながら前進を止めなかった。戦闘ログを見るまでもない。火魔法のレベル10攻撃呪文、エネミー・バーンだって喰らっている。それでいて完勝。

もうね、言葉が出ません。

次の試合も観戦していたら観客席にその与作達が来ていた。つまりハンネスもいた。

「おお！　キースさん、お久しぶりです！」

「ども」

いや、ほんの数日だと思うんですけど。それにその間は木魔法のグロウ・プラントを掛けて貢献出来ていないから申し訳ない。

「見てましたよ。次の第五回戦はここですか？」

「いえ次は午後三時ちょうど、新練兵場D面の予定ですね」

「ほう」

良かった。

オレの次の相手じゃないのは確定、と。

「キースさんも第五回戦ですか？」

「ええ。まあ、なんとか」

そこで与作と東雲が割って入った。

「蹂躙してたじゃないですか！」

「正直、どう戦っていいんだか分からんわな」

　その台詞、そのままお返ししたいです。


　試合観戦は続く。オレの両隣はハンネスと与作。互いに雑談してたんだが、自然と見ている試合の感想が多くなる。


「あれはちょっと面倒な相手だな」

「同感」

「あの後衛のバードは有名ですよ！　半分ソロでやってるプレイヤーですね」

　ハンネスによれば半ソロバード、とも呼ばれているようだ。後衛向けの職業のバードでありながらソロでも冒険をこなす、オールラウンダーらしい。装備を見ると、リュートらしき楽器を持っているが、腰にあるレイピアも使えるって事か。職業レベルは13と高い。

　そのチームの他のメンバーも全員が職業レベル11か12。前衛ファイターに槍持ち二名、盾とメイス持ちが一。残り後衛二名は弓持ちのハンターと杖持ちのソーサラー。さあ、どんな戦いを見せてくれるのかね？


　これはこれで面白いな。与作達のチームの特徴は蹂躙戦。オレの場合は速攻乱戦。彼等の戦い方はまるで違う。防御重視なのは間違いないが、着実に戦果を狙い攻撃を仕掛けてもいる。指示を出しているのは弓持ちのハンター。バードの呪歌を軸に支援を手厚くする、その過程が凄い。前衛とソーサラーがフィジカルエンチャント系の呪文で互いに強化し合い、試合場の陣地を侵食している。地味に活躍しているのが槍だ。攻撃では間合いの長さを活かして優位を確保。そして防御では中央に位置する盾持ちファイターが献身的なのが泣ける。後方からの回復呪文が無ければ早々に排除されていただろう。相手チームも善戦していたが、試合場の一角に押し込まれていた。


「バードの呪歌を軸に前衛の支援、か」

「迂遠に見えるよなあ」

「呪歌なら他のを選択しても良さそうだけど？」

「うん、オレ等にはそっちの方が厄介だな」

与作達の感想はそんな所だ。オレの場合は魔人ではあったがバードとやり合った事がある。しかも、もっと広く障害物満載の場所でだ。恐ろしい組み合わせがある事を知っている。

試合場にもっと障害物があったら？　壁呪文を利用しながら時間を稼ぎ、呪歌でダメージを加えられたらどうする？　呪歌にも幾つか効果の異なる歌があると聞く。先刻の試合では味方を支援するだけだったが、まだ他の形もあるだろう。


時刻はいつの間にか午後二時になっていた。

時間が過ぎるのが速いな。


「ではそろそろ控え室に行っておくよ」

「いってらー」

「がんばって下さいね」

「応援してますよ！」

観戦組をその場に残して控え室に向かう。おっと。召喚モンスター達も試合用に入れ替えておかないと、な。

職員さんにＨＰＭＰを全快にしてもらい、対角線を見る。良かった、今回は相手チームがいる。

？？？　レベル10
ファイター　待機中

？？？　レベル10
ファイター　待機中
？？？　レベル11
ファイター　待機中
？？？　レベル10
トレジャーハンター　待機中
？？？　レベル10
ソーサラー　待機中
？？？　レベル10
ソーサラー　待機中

レベルがちょっと低めだよな？　だが待って欲しい。予選の第五回戦に勝ち残ってきているチームなのだ。油断してはいけない。

前衛の得物は槍が二名、盾と槌持ちが一名。後衛のトレジャーハンターは弓矢、ソーサラーは二名とも杖でスタンダードと言えばスタンダードだ。オレの体をリグが這い回る。そう、第三回戦と同じ戦術で行く。あとは戦いの展開次第だな。

開始三秒前。

互いに。

礼。

「始め！」

開始と同時に。オレは駆け出していた。

「練気法！」「メディテート！」「ブレス！」
『メディテート！』『ブレス！』
『メディテート！』『ブレス！』

ジェリコが液状化すると戦鬼の全身を覆い始める。そしてジェリコを纏った戦鬼が駆け出す。

ヴォルフはいち早く最大速度で駆けて、試合場の中央を過ぎていた。前衛の間合いに入る。

槍で薙がれたが完全に間合いを外す。

矢はヴォルフに飛んでこない。

それはオレに向かっていた。

『スナイプ・シュート！』

直撃はするがダメージは皆無。

リグが吸収してくれている。

「フィジカルエンチャント・ウィンド！」

戦鬼の敏捷値を強化。では次だ。

『ファイア・ウォール！』

『ウィンド・シールド！』

相手チームの呪文詠唱が完成していた。前衛の前に、横に並んだ二つの壁。その心は？

壁と壁の間には隙間がある。そこを抜けようとしたヴォルフだが、槍が突き出されてくる。

『二段突き！』

『二段突き！』

危ねえな！　即席の砦のようなものか。試合場の狭さ故に通り抜けられる場所が隙間しかない。

よく考えていやがる。

壁の向こう側から新たな呪文詠唱が聞こえてくる。やらせるかよ！

駆けた勢いそのままに、突っ込んだ。

どこに？　ファイア・ウォールに、だ！

リグには火耐性がある。

それでもダメージは皆無にはならない。

だがそれで十分。

ファイア・ウォールを抜けた先に相手チームの面々が見える。オレに注意が向いていない。

「スペル・バイブレイト！」

近距離から杖武技を発動。

相手チーム全員が呪文を詠唱していたようだが
レジストしたのは一名だけか。

次だ。呪文を選択して実行。そして目の前にいる槍持ちファイターを横合いから襲った。

杖を八双の構えから更に上に。

蜻蛉の構えから撃ち込む。

猿声は無い。

呪文詠唱してるからな。

小手を撃つ。

杖の先端を斜めに跳ね上げて顔を強打。

足を払って転がすと、リグを降ろした。

こいつは任せた！

痺れさせて良し。

窒息させて良し。

中に入り込んで良しだ。

引き続き後衛を襲おうかと思ったが横合いから槍の穂先がオレの手から杖を奪っていった。

クソッ！

やってくれたものだな！

その槍持ちファイターを見る。

オレが反撃する必要は無さそうだ。

戦鬼が横合いから殴り込んできましたよ？

体を覆っていたジェリコが液状化したまま地面を滑っていくように移動する。

そしてヴォルフと護鬼も追いついて来た。

宜しい、そっちは任せた。


「ヴォルカニック・ブラスト！」

目の前にいる盾持ちファイター、そして後衛三名に全体攻撃呪文をぶつける。

これで終わるとは思えない。

背中のトンファーを抜いて、両手に持つ。

さて、オレの獲物はどれだ？

『ツイン・シュート！』

『割岩衝！』

武技が次々とオレを襲う。

これまた面倒な！

メイスで突かれてオレの呪文詠唱が中断した。

ヴォルフがトレジャーハンターの足に噛み付いて引き倒す様子が見えた。

護鬼とジェリコがソーサラーに迫る。

そうか、では目の前にいるこの盾持ちファイターはオレの獲物でいいんだな？

いいんだよね？

よし、張り切っていってみようか！

『シールド・ラッシュ！』

今のは掠ったか？

ＨＰバーの確認をする暇も無いな！

『脳天割！』

連続で武技が来る。

今度は頭に向けてメイスが振り下ろされる。

ギリギリだが掠ったのが分かる。

トンファーごと打撃を加えているのだが、守りは堅い。盾が邪魔だ。いや相手が上手い！

横から薙いできたメイスを避ける。

すぐさまトンファーを撃ち込む。

盾で防御される。その盾の縁をトンファーを持った手で引っ掛けた。

跳躍。

そのまま倒立。

そして着地。

相手の背後をとった。

だが相手も反応がいい。

こっちの位置をちゃんと分かっていた。

振り向くだけでなく、その勢いでメイスで殴りつけてくる。

膝を蹴る。

そして相手の懐に入った。

頭上をメイスが通り過ぎる音。

脇の下を右腕でかち上げてやった。

そして後頭部に左のトンファーを撃ち込む。

追撃で左右の肘打ち。

無論、トンファーを持ったままだ。

そのファイターのＨＰバーはまだ四割は残っていただろうが昏倒してしまう。

クリティカルでも入ったのかね？


他の様子はどうだ？　後衛陣は既に決着がついているようだ。ソーサラー二名の姿もトレジャーハンターの姿も見えない。前衛の槍持ちは？　なんと二名ともまだ戦ってました！

凄いな。特にリグに絡まれている奴はどうやって凌いだんだか。だが既に武器は手放しているし、時間の問題だろう。


もう一名の槍持ちファイターは戦鬼を相手に奮戦中だ。既にＨＰバーも残り少ない。戦鬼は槍の間合いに苦慮する様子だったが、すぐに決着がついた。頭が吹き飛びそうな拳の一撃でＨＰバーが砕けて消える。

後はリグの相手だけなんだが長引かせて苦しませるのも忍びない。ヴォルフ、ジェリコ、護鬼に加勢させよう。せめてもの武士の情けだ。

《試合終了！　戦闘を停止して下さい！》
《只今の戦闘勝利で【軽業】がレベルアップしました！》
《只今の戦闘勝利で【二刀流】がレベルアップしました！》
《只今の戦闘勝利で【跳躍】がレベルアップしました！》
試合場の対角線上に相手チームが並ぶ。
互いに、礼。予選最後の試合も乱戦狙いでなんとかなったようだ。
《おめでとうございます！　本選に進出しました！　本選初戦は明日午前九時ちょうど、新練兵場Ｂ面の予定となります》
《予選突破によりボーナスポイントに2ポイント加算されます。合計で26ポイントになりました》
《本選出場者は新練兵場にて明日午前八時までに受付を終了させておいて下さい》
　これで予選終了か。今日だけで三戦の筈が二戦しか出来なかったが、まあ楽しめたと思う。最後のチームも後から思い返すと中々の工夫だったな。オレにはリグが貼り付いていたからああいった真似が出来た。リグ抜きで炎の壁に突っ込んでいたらより大きなダメージがあっただろう。虚を衝く事が出来たのはまあ偶然だが。
　観客席でアデル達が手を振っているのが見える。オレの肩に妖精のミュレが飛んで来た。
『おつかれさまでした』
『本選出場おめ！』
アデルとイリーナのテレパスが飛んで来た。

『ありがとう』

『ここで待ってます』

『もうすぐ与作さん達の試合が始まりそうですよー』

　おっと、それは見逃せない。職員さんにＨＰＭＰを全快にして貰うと早速観客席に移動した。

　ミュレの先導で観客席に戻る。アデル達は与作達の試合が良く見える場所に移動していた。つか試合進行が速くないか？


「こっちです！」

「試合がもう始まってますよー」

おい！　試合場の様子を見ると、東雲が前衛の一角を吹き飛ばした所であった。

続いて与作も前衛を踏み潰すかのように突破した。与作も東雲も結構ＨＰバーにダメージを喰らっている。それでも前進を止めない。

「何があった？」

「ファイア・ウォールの重ね掛けです。それでも突破してますけど」

「男前過ぎるわー」

ありゃ？　マルグリッドさんも観戦メンバーにいたようだ。

試合場を見る。ハンネスが攻撃呪文をまともに喰らった上に矢を受けて沈んでしまった。その直後に後衛に与作が襲い掛かる。互いにＨＰバーの削り合いだ。

与作のチームは二名が戦線離脱したものの、どうにか勝利したようだ。勝ち残ったチーム同士だとある程度拮抗するものらしい。

「勝ったって聞いたわよ？　おつかれさま」

「いえ、まあなんとか」

「で、私の用件は装備なんだけどね。でも今は観戦を優先しましょう」

「ええ」

マルグリッドさんの隣にヴォルフが伏せて居場所を確保した。ヴォルフ以外の召喚モンスターを入れ替えると、オレもヴォルフの隣に腰を下ろす。

試合進行が思いっきり速い。五面ある試合場だが、そのうちの一面は全日程を終了しているらしい。そこだけ観客がいなくなっていた。

「やられちゃいましたねえ」

ハンネスはそう言うがね、相手チームに同情しますよ。両手斧の一撃を胸に喰らったり。重棍の一撃を腹に喰らったり。どんな感覚なんだろうかね？　想像するだけでもうお腹いっぱいです。

「キースさん、お互いに本選進出ですね」

「ええ」

「どこかで戦う事になるんですかねえ」

「お互いに勝ち上がっていけば、いずれは」

「そうありたいですねえ」

与作との会話に他意はないんだが意識せずにはいられない。どうする？　どう、このチームと戦う？　いやもうね、個人戦と違って要素が満載、どうすべきかなんてすぐに思いつく筈もない。

まあそれはそれとして。観戦だ、観戦。


とは言っても予選はかなり前倒しで進んでいたようだ。観戦出来たのも与作達の試合以降は四試合だけだった。無論、全ての試合には何かしらの見所がある。


「掲示板が凄い事になってるわね」

「予想スレも進行が思いっ切り速いねー」

「他の会場もそろそろ終わるみたいよ？」

女性陣は掲示板もチェックしながら観戦していたらしい。書き込みもやっているんだろうな。まあオレはそうする気はまるでないのだが。

新練兵場の全ての試合が終了したようだ。自然と拍手が沸き起こっていた。


「今日は終わりだな」

「サモナー交流会は最終日ですよー！」

そうだ、これもあるんだっけ。


「では」

「また明日、楽しみにしてますよ！」

与作達と別れると移動する事になった。

あれ、マルグリッドさんは残るの？

「私も同行するのよ」

オレの視線にマルグリッドさんが答える。

「サモナー以外で参加、ですか」

「召喚モンスターを愛でるいい機会でしょ？」

確かにサモナー以外でも召喚モンスターをナデナデしたいプレイヤーは多いだろうな。

「最終日ともなると無礼講で！」

「アデルちゃん、今までもずっと無礼講だったと思うけど？」

うん、まあいいのだろう。この分では他にも色んなプレイヤーが来ていてもおかしくない。

「その前にリックの所に寄りましょう。精算して貰うから」

「「はい！」」

ああそうか。アデルとイリーナも装備を作って貰っていたんだっけ。露店と屋台が並ぶ一角へと向かいながらそんな事を思い出していた。

「じゃあこれ。渡しておくわ」

リックとの挨拶もそこそこに、屋台裏の机を占拠する。腰を落ち着かせた所でマルグリッドさんから渡されたのは首輪だ。例の獄卒の鼻輪を加工した物らしい。

「じゃあアデルちゃんとイリーナちゃんの分はこれね」

「はい！」

「これ、ですね？」

「まあ気持ち程度の効果しかないかもしれないけどね」

実はそれどころじゃない効果があるんですけどね。ちょっと口にするのが怖いです。

【装飾アイテム：首飾り】

呵責の首輪　品質C+　レア度3　AP+1　重量0+　耐久値180　魔力付与品　属性なし

獄卒の首輪。何かの金属。特性は銅や銀に似ているようだ。
装備された者の頭部には亡者を呵責する力が宿ると言われている。

【装飾アイテム：首飾り】

呵責の首輪+　品質C+　レア度3　AP+5　重量0+　耐久値180　魔力付与品　属性なし

獄卒の首輪。何かの金属。特性は銅や銀に似ているようだ。
装備された者の頭部には亡者を呵責する力が宿ると言われている。

[カスタム]

アイオライトを嵌め込んだ台座を連結して強化してある。

オレの腕にある呵責(かしゃく)の腕輪からアイオライトを外し首輪に嵌めて比較してみた。やはり宝石と組み合わせると攻撃力が向上するのも変わらない。

「じゃあ精算しておくよ」

リックに精算をして貰っている間にヴォルフの装備を変更しておこう。

【装飾アイテム：首飾り】

白銀の首飾り+　品質C+　レア度3　M·AP+5　重量0+　耐久値90

銀の捻り鎖で作られた首飾り。軽量で丈夫。
魔法発動用に強化されている。

［カスタム］

ブルースピネルを嵌め込んだ台座を連結して強化してある。
※状態異常抵抗の判定が微上昇

【装飾アイテム：首飾り】

呵責の首輪+　品質C+　レア度3　AP+5　重量0+　耐久値180　魔力付与品　属性なし

獄卒の首輪。何かの金属。特性は銅や銀に似ているようだ。
装備された者の頭部には亡者を呵責する力が宿ると言われている。

［カスタム］

ブルースピネルを嵌め込んだ台座を連結して強化してある。

ヴォルフには魔法に類する特殊能力は無い。白銀の首飾りにするか、呵責の首輪にするか少し悩んだ。ブルースピネルの効果はアイオライトとそう変わらないのか。まあ、いいさ。噛み付き攻撃が強化されるのであれば、それで十分だ。ヴォルフの装備は呵責の首輪にして白銀の首飾りは予備として保管しておこう。

リックに提示された金額はそこそこであったが問題ない。所持金には余裕がある。ヴォルフを帰還させて、ティグリスを召喚。同様に装備を変更しておいた。

「マルグリッドさん、台座込みの宝石はありますか？」

「え？　ある事はあるけど」

「一つ、欲しいんですが」

「台座込みだと一つしかないわね」

「では、それで」

実は獅子のレーヴェの分の宝石が無かったからな。手元に原石を残しておくんでした。

「これになるけど。確認してね？」

「はい」

【素材アイテム】

モルガナイト　品質C+　レア度2　重量0+

ピンク色のベリル。別名ピンクベリル。

透明度が高く粒の大きなものは魔法発動用によく使用されている。

［カスタム］

台座に呪符紋様『砂紋』が刻まれている。

【装飾アイテム：首飾り】

呵責の首輪+　品質C+　レア度3　AP+5　重量0+　耐久値180　魔力付与品　属性なし

獄卒の首輪。何かの金属。特性は銅や銀に似ているようだ。

装備された者の頭部には亡者を呵責する力が宿ると言われている。

［カスタム］

モルガナイトを嵌め込んだ台座を連結して強化してある。

モルガナイトなら十分ですよ！　早速、レーヴェ用の首輪に嵌め込んでみた。性能はそう変わらないが、そこは気にしなくていい。ティグリスと入れ替わりでレーヴェを召喚して装備させる。これでオレの猛獣部隊は呵責シリーズで強化された。獄卒と言い換えても不思議ではない。

リックに精算して貰い、その場を辞去した。

さあ、次は狂乱の宴だ！

レムトの町の外で少しだけ召喚モンスターの陣容を組み替える。狼のヴォルフ、馬の残月、鷹のヘリックス、梟の黒曜、狐のナインテイルの陣容であるのだが。何故だろう、ナインテイルはマルグリッドさんに捕獲されています。

まあ、いいか。彼女はまーちゃんに騎乗するアデルの後ろに同乗するようだ。

「明日からゲルタ師匠の所でお手伝いかー」

「まあ、それは仕方ないわよ」

「長時間のログインも久々だったし堪能した！」

「そうそう」

アデルの嘆き、そしてイリーナの慰め。でも楽しめたようで何より。

そうか。敗退して大会が終わったら、あのゲルタ婆様の所で手伝いをする事になるんだっけか。だがそれだけで済むとも思えないが。今、ゲルタ婆様の所にはあのジュナさんがいるのだ。

うむ、関わるまい。

関わらない方向で、宜しく！

もはや見慣れた川原には既にサモナー達が集まって歓談中でした。この周辺は魔物も出るんですけどね。上空には猛禽類が、地上も猛獣類が控えている。どちらも群れとなっているのだ。襲って来る魔物には勇者の称号を進呈しよう。

「来たぞー！」

「おつかれー！」

既に何名かのプレイヤーが宴の準備を進めていた。春菜(はるな)と此花(このはな)だ。この二人もゲルタ婆様の所に世話になっている、と聞いたが。不憫(ふびん)な。だがジュナさんの相手はゲルタ婆様以上に難物だと思います！

「じゃあインスタント・ポータルは使った方がいいかな？」

「お願いします」

「通知はこっちでやっておくよー！」

もうこの辺の手筈も慣れてしまっているな。恐るべし。インスタント・ポータル内にプレイヤーが次々と入ってくる。なんだろう、昨日よりも微妙に多いよね？

「では予選終了って事で！」

「おつかれー！」

号令と共に歓談があちこちで始まった。つか召喚モンスターを愛で始めた。しかしまあなんだ、飽きないのかね？　仲が良くて結構な事だけど。

無論、適宜ログアウトしているプレイヤーも数多い。人の入れ替わりについていけません！

マルグリッドさんはナインテイルを膝に乗せて撫(な)で続けている。そのナインテイル、完全に寝てます。まあ放っておいていいか。つかレイナに続いてマルグリッドさんまで籠絡したのか？

ナインテイルめ！　その場所、代わって？

雑談の内容は何か？　当然、予選の話が多くなる。まあ中にはマーメイドを愛でたり、ヒョードルくんを愛でたりするプレイヤーもいたりするが。

どうやら予選を突破したサモナーはオレだけのようだった。

「ゲーム開始組ですもの。順当と言えば順当なんでしょうけどね」

　そう評するのはマルグリッドさんだ。各所で予選の動画を仮想ウィンドウで共有して観戦してたりする。オレはマルグリッドさんと一緒の画面を共有していた。視聴していたのは第五回戦、あの漁師チームのものだった。


「注目チームは大変よね」

「え？」

「この漁師チームもそう。与作達もね。注目されてるチームは当然チェックされてるでしょ？」

「ですよね」

「貴方（あなた）も、なんだけど」

　いやいやいやいやいや！　研究された所でやれる事は変わらないと思います。工夫の余地はまだありそうな気はしますけどね。


　動画で試合の様子を視聴しては雑談。途中で夕食を摂りながらそれは続いた。夕食後は参加者全員で同じ試合を視聴してました。


「じゃあサモナー戦も行くよー！」

　此花の号令で試合の動画が流れていく。最初はアデルとイリーナの三回戦だ。つかオレが動画に保存した奴だな。サモナーとその召喚モンスターの試合なのだ。あちこちで歓声も上がっている。

　オレの対戦もあった。つか第一回戦から第五回戦まで一気に動画を流すとか何なの？　四試合で二十分もないから短いけどさ。無論、他の試合もやった。敗戦も幾つか視聴する。確かに敗戦からも教訓を得られる事だろう。

そして雑談が始まる。彼等もまたサモナーなのだ。今後、どういった布陣を目指すべきか？　そんな話がお題になってきたようである。オレのは参考になるの？　我ながら良く分かりません。

　人も少しずつ増えていた。まだ来るのか。インスタント・ポータルの範囲的にはまだ余裕はあるけどな。

「あの、相談いいですか？」

　ピョコンと一礼してオレの前に現れたのはエルフだ。線が細く小さい。うん、ヒョードルくんですね。後ろに控えるお姉様達が怖いけど、雑談なら歓迎するよ！　お姉様達の敵意に晒されながらヒョードルくんとの雑談も楽しみましたとも。全く、女性に関しては徹底的に潤いがない。そういうゲームじゃないんだし、いいんですけど。

　魔法技能を多数取得したがってるらしく、幾つか経験談と軽くアドバイスをしておいた。ただオレの目の前で立ち上がったヒョードルくんが凄まじい勢いで拉致られていきましたよ？

　凄い。なんという連携。無駄が一切無い。

　ヒョードルくんは両手に花な状態で完全に捕獲され、後ろからも裸絞めにされてました。いや、あれは抱きついてるだけか。

「ありがとうございましたああああ！」

　連れ去られながらも律儀に礼を述べる所が素晴らしい。まあなんだ、お姉様達なんですが、花は花でも食虫植物の類に見える。

　恐るべし。ヒョードルくんの無事を祈る。

　今日は予選が終わった事もあるのだろうが、サモナー以外のプレイヤーもちょくちょく見掛ける。何かの形でサモナーと繋がりのあるプレイヤーと思われるが。共通しているのは召喚モンスターを見つめる熱視線だ。ヤバい。ヴォルフとか撫でられ過ぎ！

　レーヴェはいち早く危険を察知したのか、マルグリッドさんの足元で伏せの姿勢のまま寝ている。いや、寝たフリをしているな。

　ナインテイルは相変わらずマルグリッドさんの膝の上。妖精のヘザーはあちこちを飛び回っている。蝙蝠のジーンはオレの肩に止まったままだ。

　まあ好きにさせるさ。だが召喚モンスターを愛でるだけでないプレイヤーもいたようだ。

「こんばんは。マルグリッドさんも参加していたんですか？」

　そのプレイヤーの見た目は明らかにソーサラーだ。ローブを纏った軽装。その杖は螺旋状の綺麗な捩れ模様で、先端はやや太くなっている。そして大きめの宝石が嵌め込まれていた。なかなかの代物のようだ。

「あら。貴方も来ていたの？」

「ええ」

「杖の調子はどう？」

「いい感じでした。闘技大会に間に合わせて貰って助かりました」

「善戦は出来たみたいね。第五回戦は見てたわよ？」

「負けちゃいましたけどね」

　ほう、どうやらマルグリッドさんの客だったようだな。

「キースさん、ですね？　初めまして。紅蓮って者です」

「座ったままで失礼。キースです」

「第五回戦は完敗でした。お見事です」

「え？」

「すみません。キースさんのチームと戦ったのって私等でして」

「え？」

「そう、貴方の召喚モンスターに殴られて気絶してたわよ？」

「そうだったんですか？」

　なんと、先刻の対戦相手だったんかい！　彼の後方に五名、紅蓮のパーティメンバーが並んでいた。確かに、こうして見ると対戦したチームである事が分かる。むしろ兜とか装備してくれていた方が分かり易いな。

　この紅蓮ってソーサラー、マルグリッドさん曰く有名人らしい。つか以前にオレも見た事がある報告書を書いた人でした。掲示板に張り付いてたり、解析をやってたり、そっちに力が入り過ぎて攻略が進んでいないとはマルグリッドさんの評価だ。紅蓮は二の句が継げない。彼のパーティメンバーは含み笑いで今更なようだ。

「それでお願いがありまして」

「何でしょう？」

「色々と分析している手前、調べたい事がありまして。質問させて下さい！」

　彼の勢いは凄かった。熱意、と言いますか。それに反応したのか、レーヴェが起き上がって紅蓮達を睨んでます。ナインテイルも起き上がった。すかさずマルグリッドさんに喉をくすぐられると寝てしまったが。

　まあ雑談程度なら、という条件で色々と話をしたんですが、まあなんだ。戦闘ログから色々とバレてたみたいだ。格闘師範の称号も。高速詠唱の補助スキルも。そりゃバレるよね？

「【高速詠唱】のレベル毎の効果も調べてるんですが」

「ほう」

「差し支えなければ大会でのキースさんの【高速

詠唱】のレベルがどうだったのか、教えて欲しいのですが」

この紅蓮というプレイヤー、飽くまでも探究心から知りたがっている。研究者の目をしていた。知らないから知りたい、ただそれだけ。それ故に他意はないのだろう。マルグリッドさんに視線を送るがニヤニヤと笑い返されるだけだ。

まあ、いいや。色々と答えておこうかね。

紅蓮との雑談は遅くまで続いた。しかしこのプレイヤー、情報通である。つかどこまで情報を攫んでいるんだか。彼に指摘されるまで気が付かなかった事もある。例えばインスタント・ポータル。

「明らかにこの状況は、変です」

「え？」

「掲示板に最初に書き込まれた条件ならこうはなってませんから」

掲示板にオレ自身が書き込んだ条件を提示される。ＨＰとＭＰの回復効率が通常のエリアポータルよりも低い事。術者が所属するパーティでしか使えない事。何度も出入りするような連続使用が出来ない事。リターン・ホームの対象にはならない事。アクティブな魔物に狙われている状態では使えない事。クーリングタイムが五時間とかなり長い事。うむ、確かにおかしい。

呪文リストを見直したら、おかしな事になってるな。術者及びインスタント・ポータル内のプレイヤーが招待したパーティでしか使えない事、と文章が変わっている。クーリングタイムも三時間とかなり長い事、と変わっていた。それにインスタント・ポータルの範囲も最初に使った時と比較して大きくなっている。思い当たるのは【魔法効果拡大】だ。そうでなければ【時空魔法】のレベルアップで強化された、とか？

「【魔法効果拡大】に【魔法範囲拡大】？」

「多分、だけどね」

「そもそもどうやって入手したんですか！」

食いつきも凄いな。


「インスタント・ポータルで呪文の効果が変わっているなら、他の呪文も変わっているのでは？」

「可能性はあるな」

調べてみたらリターン・ホームが変わってました。ユニオンを組んだ状態で三パーティまで、転移出来るようになってます。それにチェンジ・モンスターもだ。戦闘中に二体まで、召喚しているモンスターを交代させる呪文になってる。クーリングタイムも四十分に短縮されていた。

これまで全然気が付きませんでした。インフォには何もなかったよな？　全く、このゲームってばマスクデータが多過ぎる、とは紅蓮の愚痴であったが同感です。


色々と他にも聞き込まれました。そのお礼という訳でもないだろうが、彼が纏めている情報を報告書の形で貰いました。彼曰く、まだまだ暫定部分が多くて未完成らしい。これは時間があったら読んでみたい。

最終日の宴は続く。明日はもう本選だ。この祭りも明日で終わるのかと思うと少し寂しくなって来たなあ。

【第二回】闘技大会　優勝するのは誰だ？　予想スレ★8【今度はチーム戦】

1. ルービン
やっぱり対人、しかもチーム戦だと予想は難しいでござる。
大会要綱などレギュレーション、申し込み、日程は **>>2** あたりで。
予選もそろそろ終わるね！
過去スレ：
【第一回】闘技大会　優勝するのは誰だ？　予想スレ★1-7
【第二回】闘技大会　優勝するのは誰だ？　予想スレ★1-7
※格納書庫を参照のこと

――（中略）――

114.zin
予選終了乙
注目チームは概ね予選突破したか
意外だが後続組からも数チーム出場してきてるみたい
予選動画を見た感じだと色々とタイプの違うチームが出てきていて面白いな

115. 桜塚護
やっぱり生はいいよ
迫力が違う

116. ミック
後衛エルフで精霊枠使ったチームは１つしか残らなかった
意外です
精霊強いんだけど、凌がれるパターン多過ぎ！

117. 朱美
予選では速攻型が目立ってたけど・・・
優勝候補は北の攻略組を推すかな？
あの堅守は見事

118. クラウサ
攻撃特化型
速攻投射型
堅守支援型
堅守呪文攻撃型
機動特化型
バランス型
概ねこんな感じで分かれるけど
一番ユニークな漁師チームだけはこれらに当て嵌まらないとは思う

攻撃特化型がそんなに多く生き残らなかったのが意外
まあその中に有力な優勝候補がいたりするけど

119. エルディ
攻略組で攻撃特化のチームはどうだろう？
南で最先端を進んでいるチームとか？
実際に目の前で見るとあの戦力構成と戦い振りは生産職選抜以上に脅威
堅守支援型のチームにどう対応するか不安だけどいい所まで行くんじゃね？

120. 小龍
まだ動画全部見れてないけど
サモナーさんとこはどうなん？
チーム戦だとサモナーが先に陥落したらおしまいになりそう

121. ディレク
>>120
召喚モンスターが厄介なのは間違いない
普通に後衛に立たれたら普通に強いよ
でもサモナーさん自身が前衛に来るからね
連携次第だけど先に落とせるって意見がここでは有力
でも格闘ファイター相手にガチ勝負とか恐ろしいな･･･
まあネタ的に見てて楽しいんだがw

122. ウォーレン
むしろ今回は攻略組が頑張ってる印象が強いな
特に普段から固定でパーティを組んでる所とか
それにレベルが 10 程度でも予選突破してる所だってある
予想するにしても要素満載で楽しめるぞw

123. 豪徳寺
注目チームは不利だよ
研究し尽くされるしな
生産職選抜、サモナーさんの所はどこかで敗退すると見る
情報も多いしなあ
手の内が分かっていたら事前にどこのチームも対策してくるって

124. 李広
>>123
生産職選抜ですけど堅守でいけるって意見もありますが･･･
本当にそうですかね？
試合見てましたけど、重盾持ちファイターが吹き飛ばされてますけど

125. ニア
>>124
試合は見た。
あれは支援次第でどうにか出来ると思うよ？
問題は厄介な前衛が一人じゃないことの方。
堅守ではなく、間合いのある槍で対抗されたら勝敗は微妙だと思う。

126. 周防
勝敗が序盤だけで決まる事も多いしな
オレらってば弓矢で集中砲火でやられて予選敗退しちゃったぜ

127.∈(-ω-)∋
やあ　∈(-ω-)∋　呪文も多様化してるし見てて楽しいよ？

128. 由美
>>127
【高速詠唱】の影響もあるみたいですしね
明らかに【高速詠唱】が寄与してるチームはサモナーさんの所だけみたいですけど

129. 無垢
>>128
うむ
先制で呪文が、というのも影響は大きいよな
でもサモナーさん所は呪文詠唱出来るのって一人だけなんだぜ？
それ故の速攻、乱戦狙いであのスタイルだと思う
呪文中心の組み立てでは拮抗出来ないんじゃないかな？
たとえ【高速詠唱】があるにしてもこの不利は大きいと思う
つか格闘ファイターとタイマンは笑ったｗ

130.zin
個人のスキル構成以上にプレイヤーの連携の要素の方が影響が大きいって
想定外の事態が起きた時、的確な判断と行動がとれるかが鍵じゃね？

131. ウォーレン
>>129
何が飛び出すのか分からない怖さはあるけどな
むしろ女性関係で何かやらかして欲しいｗ

132. 小龍
絶対的に強い、というか勝ち上がると言い切れるチームはあるの？

133. ディレク
>>132
個人的に推すチームはあるけど絶対的ではないなあ
本選出場を果たしたチーム全てにチャンスがあると思う

134. エルディ
>>132
相対的な比較は出来るとは思うけどね
勝つべくして勝つ、という次元ではない！
もはや実際に戦ってみないと分からないと思うよ？
あとはトーナメントの組み合わせ次第

135. 豪徳寺
スレタイ嫁w
まあ目立つチームは難しいとだけ言っておこう
あとは手の内に隠し玉があるかどうか

136.∈(-ω-)∋
やあ　∈(-ω-)∋　まだまだ楽しめそうだね！

137. 紅蓮
でもこういったイベントは時々あっていいかな
掲示板では得られない経験が出来たのは収穫
予選突破出来なかったけど悔いはないよ

——（以下続く）——

サモナーが集うスレ★13

1. シェーラ
ここは召喚魔術師、サモナーが集うスレです。
このスレは召喚モンスターへの愛情で出来ています。
次スレは **>>980** を踏んだ方がどうぞ。
召喚モンスターのスクショ大歓迎！
但し連続投下、大量投下はやめましょう。
画像保管庫は外部リンクを利用して下さい。
リンクの在り処は **>>2** あたりで
過去スレ：
サモナーが集うスレ★1-12
※格納書庫を参照のこと

――（中略）――

102. 此花
人魚増えすぎｗ
まあそれはいいとして。
変態紳士共には容赦なくお仕置きするからそのつもりで。

103. 堤下
>>102
それ、ご褒美です。

104. 駿河
>>102
ラバースーツにピンヒール、ムチも希望！

105. ムウ
真性がおるで

106. アデル
やだーもう！
モフモフで癒して！
つ（画像）（画像）（画像）

107. シェーラ
ライオンいいよライオン。
召喚候補が互いに増えたし、各地でサモナーパーティも冒険がより進む、かな？
色々と多謝。
特にサモナーさんとこの編成は参考になったね！

108. イリーナ
>>107
まあ先駆者ですから
ってアレを参考に？

109. 春菜
>>106
モフモフで負けるかあ！
つ（画像）（画像）（画像）

110. 駿河

カニも増えたみたいだしな
海辺でカニ無双するぜえ

111. 此花
とりあえず交流会も終わったし後は本選のみ
予選突破したのがサモナーさんだけってのは残念だけど

112. イリーナ
まあ後続組が多かったですから
そこは仕方がない部分がありますけど
チーム平均が Lv10 に満たないような所が二チームも予選突破してたり
レベルが全てではなさそうなんですよね

113. 野々村
とりあえず召喚モンスター用の装備も発注しといた
予算が厳しいけどな！

114. アデル
>>113
西においでー
宝石の入手も楽だし加工出来る職人さんも今ならいるし

115. 堤下
とりあえず次の目標は明確になった
嫁、ですなｗ

116. 駿河
ウチの嫁いいよｗ
もうたまらん

117. 野々村
嫁追加もいいよな
両手に侍らせたるわｗ

118. 此花
>>115-117
この変態共が！
表に出ろ

119. 紅蓮

ヤバイのしかおらんで
それはさておき、おつかれさまでした
色々と今後の解析に役立ちそうです

120. ヒョードル
おつかれさまでした。

とりあえずマルチで魔法技能とりに逝きます。

121. 等々力
乙乙。

対サモナーの試合の模様を見てるとやっぱ後衛に位置するサモナー狙いが多いんだよな。

デフォルトになってた気がする。

優勝予想スレでもサモナーさん不利の見方が有力みたい。

それでも頑張って頂きたいなあ。

122. 紅蓮
>>121
ざっと手の内は聞いてるけど、手札の多さは間違いなくある
状況判断、それに実行が伴えば対抗は何かしら出来るし
通じる通じないはあるかもだが･･･
前衛だけど簡単に陥落しそうにないよ

123. マルグリッド
乙華麗
サモナーじゃないけど堪能させて貰いましたw

124. アデル
>>123
いつでも楽しんでおっけー！

125. 堤下
>>123
篭絡乙でした
つかサモナーさんトコによう近付けなかったオレ
ヘタレ過ぎ？

126. イリーナ
>>125
別に怖くはありませんよw

127. アデル
怖いのはずっと隣に座ってた人の方？

128. マルグリッド
>>127
別に私だって怖くないでしょ？
ほら、こっちにおいでお嬢ちゃん♪

129. 春菜
とりあえず召喚候補に後衛が追加出来たのが大きい
そろそろ単独行動も出来るようになりたいなあ
同時召喚四体までもう少し！

130. 此花
雑談で色々と意見はあったけどやはり単独行動に向けて補助スキルとるよ！
海を征くぜい！
漁師兄弟のトコばかりにおいしい所を持っていかれてなるか！

131. ヒョードル
後続もいい所ですけど追いつけるように頑張ります
当面の目標は三体同時召喚ですけど

132. 駿河
>>131
精霊込みの連携組めるのって貴重だから
ガンガレ！

133. 等々力
やっぱり無理してでも交流会行くべきだったか orz

——（以下続く）——

魔法使いが呪文について語るスレ★53

1. ルナ
荒らしスルー耐性の無い方は推奨できません。
複数行の巨大 AA、長文は皆さんの迷惑になりますので禁止させていただきます。
冷静にスレを進行させましょう。
次スレは **>>950** を踏んだ方が責任を持って立てて下さい。
無理ならアンカで指定をお願いします。

過去スレ：
魔法使いが呪文について語るスレ★1-52
※格納書庫を参照のこと

──（中略）──

101.∈(-ω-)∋
やあ　∈(-ω-)∋　闘技大会でレベル10呪文も披露されてて楽しいよ！

102. カササギ
とりあえず土魔法のレベル10攻撃呪文、ピットフォール使ってるけど便利は便利でも絶対じゃないよ
呪文詠唱はちょっとだけ長めだし射程も短め
効果は大きいけどね
試合では杖武技のスペル・バイブレイトで詠唱中断されて超ガッカリ
負けちゃったよ

103. モコ
ワールウィンド使ってるけど射程が短過ぎて使うには勇気が要る
ダメージは大満足だけど
ただ対プレイヤーだと手の内の読み合いに嵌まり過ぎてダメだね
結局、高レベルの呪文を使う事もなく試合終了してた

104. ロートシルト
木魔法呪文の支援効果も面白い
氷魔法、雷魔法もいいね
特にエフェクト追加で試合見てると派手になるw
塵魔法、溶魔法、灼魔法は使い手そのものが少なかった印象
時空魔法は使い手がもっと少ないけど
サモナーさんが使ってたディメンション・ミラー欲しい・・・

105. 堤下
あれは強烈だよな
スペル・バイブレイトの武技と使い分け出来るのもいい
短い射程のレベル10呪文が使い難いからね
ディメンション・ミラーがあるってだけで牽制になるよ

106. エルディ
派生魔法技能のレベル6呪文はもっと見れるかと思ったんだけど
ディメンション・ミラー以外に見てないし

107. カヤ

個人的にはソーサラーに杖持ちが増えているのがうれしいね
商売的に鍛冶師ではあるんだけどw

108. 茜
ほぼタイムラグなく呪文詠唱のような面倒無しの武技との対比も面白い
杖持ちソーサラーが弓武技で狙われるケースが多発してるね

109. 周防
個人戦より面白いのは確か
チームを組めるから弱点を相互にカバーし合えるから当然だけど

110. 浪人２号
前衛と後衛の役割分担で負担が分散出来てるのも大きいかな？

111. 無垢
種族 Lv で 13 から 14 で固めたチームは何気に強いけどね
力押しでなんとかしてきたような所も多い
本選でどうなるかは連携次第とは思うが、本気の削り合いが見たいw

112. 泉
連携で、となると地味にエンチャント系で支援するのが正解かもよ？
杖持ち vs 弓持ちの対比でも考え方の差が出てるね
個人的には弓持ちは安定志向になるけど

113. 豪徳寺
>>112
前衛の立場からすると支援範囲の広さが問題になるんよ
後衛魔法職は杖持ちと弓持ちの両方がいてくれると安心はする
もしくは杖持ちで攻撃範囲が広い風魔法が有効、かな？

114. 紅蓮
>>112
選択する戦術によっても魔法技能で相性があるのも面白いよね？
火魔法使いなんで攻撃重視になるけど、組んでるもう一人が風魔法
結構、安定すると思ってる

115. カササギ
>>114
会えた、のか？

116. 紅蓮
>>115
それどころじゃなく対戦したｗ
結果は聞くなｗ
サモナーのオフ会みたいな所で色々と話は聞けた
満足してる
スキル構成とかも聞けたけど今は自重
まだ本選があるしねえ

117. ルービン
>>116
乙
しかし、あれだ。
掲示板に張り付いてるようでは本選出場は出来ないんじゃね？
かく言うオレもなんだがｗ

118.zin
改めて動画見直しているけどエフェクトいいなｗ
頭空っぽにして楽しめるぞｗ
>>116
第五回戦は見た。
殴られて昏倒したろｗ
ご愁傷様（-人-）

119. 紅蓮
>>118
気持ちよく逝ったよｗ

120. エルディ
かなり多様性も出てきた事だし
次はクラスチェンジ、だなあ
Lv14 プレイヤーもちょこちょこ見掛けるし

121. カササギ
クラスチェンジ、ねえ
今の所はサモナーさんだけ、か

122. 紅蓮
未だに謎の領域だよね
クラスチェンジ以後、種族 Lv アップでステータス 2 点がアップする
その恩恵は大きいよ

魔法使い系なら知力値と精神力を同時に振るのがデフォかな？
でも幅を広げるのもアリ、と思っている自分がいる

123. ニア
なんか廃人プレイでもしないと届きそうにないほど遠い世界
やっぱり強敵のいる場所で連戦しなきゃダメかな？

124. ルナ
経験値をブーストするような要素でもないと追いつくの無理ｗ
昼間は仕事だってあるんだし

125. カササギ
>>123-124
愚痴るなってｗ
強敵なら金剛力士相手にしよう
短時間で全力プレイに自然となるｗ
実際にあれって効率はいいぞ

126.zin
後は対戦だな
時間が無いパーティにはオススメ
ＭＰバーが大量に余ったままログアウトはつまらんぞ？

127. 紅蓮
>>126
対戦するなら負けてもいいからより上位とやるのが吉
闘技大会で負けた試合後、色々と上がってて吹いたｗ

128.∈(-ω-)∋
やあ　∈(-ω-)∋　対戦はいいよ！　エフェクト付きで見たいよね！

——（以下続く）——

【PKK 部隊拡充中】PK 被害者の会★17

1.test22394[****]
ここは PK 行為によって死に戻った者が集うスレです。
スキル構成相談などの専用スレは **>>2** のあたりにあります
PKK における注意事項は **>>3** あたりで
現在はチーム制で活動を継続しています。

次スレは **>>980** を踏んだ方がどうぞ。
過去スレ：
PK 被害者の会★1-16
※格納書庫を参照のこと

——（中略）——

547.root449[****]
業務連絡。
NPC 盗賊ギルドよりリークの件、行動制限は闘技大会本選は適用外です。
プレイヤー動向に併せて追跡チーム編成を行います。
大会本選終了までお待ち下さい。
護衛チームはこれまでと同様、変更ありません。
呵責の腕輪の情報は把握済み、現品も入手しました。
言うまでもありませんが、アヴェンジャー未配置のチーム優先で。
購入を進めてますが、対応する技能のレベルアップもお願いします。
PK 側も PKK へのカウンター部隊が複数編成されたようです。
冷静にプレイ継続をしましょう。
以上。

548.auto10104[****]
乙
PK 連中の動向が一気に流動化しちゃったよな
獲物がレムトに集まってきちゃってるからしょうがないけど

549.test345[****]
業務連絡。
コーディネイター助手（仮称）です。
現在、アヴェンジャーの総数は七名。
三名は他 PKK と組んで闘技大会に出場、残念ながら第三回戦で敗北。
おつかれさまでした。
アヴェンジャーを組み込んだ反攻チームの再編成を行います。

550.map70457[****]
追跡組です。
格闘ファイタースタイルでやってるけど腕輪便利だわｗ
でも技能がまだ低いのが確かに痛い。
つか称号で格闘師範とったら練気法が武技で取得なんだよな。
プチアヴェンジャー化を目指すぜ！

551.slash3245[****]
>>550
多分だけどアヴェンジャーでも練気法は重ね掛け判定の筈
格闘スタイルはもう必須でよくね？

552.auto10104[****]
>>550
１号さんが格闘師範取得を目指してるものだと記憶してるが
ますます怪物化しちゃうよね

553.apple06[****]
闘技大会は残念。
まあアヴェンジャーとしてのボーナスなしだったしな。
善戦と言っていいんじゃね？
相手も攻略組トップだったしなあ。

554.map70457[****]
レベルアップ修行も込みで組んで貰ってるけどね
やっぱ PK 追いかけてる方が楽しいw

555.auto10104[****]
そうなんだよな
魔物を狩るよりも PK 職を狩る方が楽しいw

556.apple3248[****]
>>555
おめでとう
PKK 職の道を正しく歩んでいるなw

557.nuke707[****]
とりあえずレムトで待機
再編成待ちのついでに大会見てる
面白いよね
それに PK 狩りに応用出来そうな工夫も思いついたし
見るだけでも価値あったよ

558.test90041[****]
連携を鍛えるのに対戦モードもいいよ
色々と罠の確認にも使える

559.slash3245[****]
罠いいよな
ピットフォール見てると何か組み合わせてみたい気がする
いきなり落とし穴に嵌めて水攻めとか槍で突くとか

560.auto10104[****]
エグいやり方でも皆でやれば怖くないよ！（ゲス顔

561.apple3248[****]
正しく黒いなw
まあ PKK だってやってる事は PK と似てくるよねw

562.muse224[****]
そりゃそうだw
騙し騙され、殺し殺され
だがそれがいい

563.test320[****]
>>562
muse って初めて見た

564.apple3248[****]
それにしても NPC 盗賊ギルド内部ってどうなってるん？
PK プレイヤーと何かあったん？

565.root449[****]
補足です。
盗賊ギルド内部でも PK プレイヤー増加に対応しきれてないようです。
ぶっちゃけ人数が多くて手に余る、というのが実情でしょう。
内部粛清するにも仲間内で人数を割きたくないようです。
アングラな取引ですがもう暫くの間ですので。
闘技大会本選日の翌日から通常通りで OK です。

566.muse224[****]
>>565
了解っと。
まあ編成が終わらないとどうしようもないけどな。
動向調査でまた暫く暗躍するかw

567.test345[****]
>>566
情報収集から開始なのも今までと同様です。
解析は私宛でいつも通りに。
PK 職の組織化も進んでいるようです。

情報収集の際も皆様お気をつけて･･･

──（以下続く）──

夜の住人専用　獲物観測所☆40

1. エンジェルフォール [****]
ここは闇に落ちた者達が集うスレです。
コテ偽装は忘れずに。
闇落ちした者だけが利用できるスレですが妄信は禁物。
個人情報を特定するような真似は控えましょう。
煽り耐性も鍛えてください。
関連スレは **>>2** あたりで。
次スレは **>>980** を踏んだ方がどうぞ。
立てずに逃亡したなら PKK の対象にするからそのつもりで。
反撃を喰らっても冷静にプレイを続けることをオススメします。
過去スレ：
夜の住人専用　獲物観測所☆1-39
※格納書庫を参照のこと

──（中略）──

756. 村西ですが何か [****]
大会期間中の協定って破ったらどうなるん？

757. 現在 122 勝 35 敗 214 未遂 [****]
>>756
分からん
聞く所によると、現盗賊ギルドの長よりおっかない追っ手が、という話
海の向こうから来た使者の中におっかないのがいるらしいぞ

758. 鬼一法眼 [****]
>>757
NPC シーフ情報によると
盗賊ギルドの長が腰を抜かして協力する事を誓ったらしい
ヤバい相手らしいぞ

759. 現在 104 勝 32 敗 200 未遂 [****]
でもまあなんだ。
闘技大会に参加も出来る訳で。
衛兵の前で堂々としていられるのって素敵。

760. 現在 90 勝 18 敗 195 未遂 [****]
さすがにあのサモナーさん所と当たるとは思わなかったぜ
棄権余裕でした

761. ストレスで胃に穴が [****]
こっちもだよ
第二回戦で漁師兄弟とかアフォガード
気分はパンナコッタ
即棄権ですわw

762. 現在 122 勝 35 敗 214 未遂 [****]
>>761
意味不明w
甘過ぎだぞお前w

763. 遂にバレたよ [****]
色々と参考になるよな
投網いいよ投網
まだ【投擲】が育ってなくて精度はまだまだだが
器用値を育てていて良かった

764. 現在 90 勝 18 敗 195 未遂 [****]
単純に観戦するだけでも楽しいけどなw
ムズムズしたけど
ああ、スリがしたい･･･

765. 鬼一法眼 [****]
現行犯はヤバいぞ？
まあオレだって知っている事例は一件だけだが
説教部屋でアンデッド相手にリアル SAN 値チェックらしいがw

766. ストレスで胃に穴が [****]
>>765
危なかったぜ･･･

767. 現在 104 勝 32 敗 200 未遂 [****]
あとあの偉そうにしてる連中なんなの？
まあ狙いはしないんだが。
【識別】飛ばすとちょっと怖くなるようなのばっかや。

768. 村西ですが何か [****]
>>767
良く分からない連中だよな
高位 NPC は珍しくはないけど、近寄りがたいヤバげなのは少ない
明らかに格上なのは新練兵場の雛壇にいるな

769. 遂にバレたよ [****]
ま、いい機会だったし対戦モードで鍛えてるけどよ
新しく思いついた手順は色々と検証はした方がいいな
基本【隠蔽】を鍛えるのが優先なんだけどな

770. 鬼一法眼 [****]
現時点で盗賊ギルドの幹部クラスにはどうしても歯が立たないんだよな
アレに対抗できるのって何時になるんだって話だよ
【看破】も鍛え難いし困り者だよ

771. 現在 122 勝 35 敗 214 未遂 [****]
グダグダ言わないでまあ闘技大会を楽しめってこった
脳内でオレ等ならどう PK を成功させるか、想像するだけならタダだぜ？
小細工は幾つか思いついたしな
大会が終わったらボチボチ試してみるか

772. 初心者 [****]
でも PK 始めたばっかだと苦労の連続ッス

レムト周辺で PK 行為ができなくて辛かとです

773. 現在 104 勝 32 敗 200 未遂 [****]
耐えるんだ！
PKK 反抗チームも今は解散状態。
どこも今は停滞中だよ。
地道に魔物狩りでもやってレベルアップしとけｗ

774. 遂にバレたよ [****]
>>772
今のうちに称号ゲットしに行こうぜ

775. 初心者 [****]
>>774
微妙に混んでますねえ･･･
因みに野犬狩りやってます

チェイン難しいdeath

776. 現在90勝18敗195未遂 [****]
野犬狩りとかなつかしいな
実際、レムト周辺で強敵になりえる魔物少ないよ
コール・モンスターでもなきゃ稼ぐの無理

777. 現在122勝35敗214未遂 [****]
それにしても人口移動が凄まじかったからな
オレ等も一旦PK行為を見直すいい機会だったと思えばいいさ
攻略トップの戦いを見てると色々と足りないって分かったし
でも工夫のし甲斐もあるってもんだ

778. 鬼一法眼 [****]
とりあえず呪文だな
特にピットフォール便利
射程が短めだし、如何に接敵するかが鍵だが
あとは情報か
手段は色々と変わってきていても基本は一緒だけどなw

779. 初心者 [****]
対戦モード使ってPTメンバーと鍛えてます
もう少しレベルアップしとかないとレムトの町以外で通用しなさそう
なんとかしたいッス

——（以下続く）——

第五章

ログインしたのは午前四時。昨夜は遅かったプレイヤーも多かったからな。既に起きているのは昨日早めにログアウトしたプレイヤー達みたいだ。朝飯にはまだ早いから対戦とかやってるし。

「おはようさん」
「おはようございます」
「本選、頑張って下さい！」

色々と声を掛けられています。本選はどう戦おうか？　昨夜の雑談で幾つか触発された事がある。色々と手札があった方がいいか？　いや、既に様々な装備は手にしているのだ。これ以上、手を拡げても迷うから困る。

試合のメンバーを召喚すると一対一で準備運動を兼ねて体を動かした。狼のヴォルフ、ゴーレムのジェリコ、鬼の護鬼、大猿の戦鬼とスライムのリグと順番に相手をして貰いました。当然、ガチだ。緊張感があった方がいい。とは言ってもインスタント・ポータル内で対戦モードが行える範囲は限られている。順番待ちをしながら色々と考察もする。

ヴォルフと対戦してみて分かる事は？　やはりその速さと俊敏性が魅力だ。対抗するなら基本、迎撃って事になるだろう。呪文だって確実に命中するかどうか。弓矢は尚更だ。首輪を交換した事で攻撃力がアップしたのは地味に大きい。今までも先制攻撃、牽制、後衛への奇襲と、機動力を活かしている。ヴォルフはこのままでいい。

ジェリコは概ね目処はついた。ただ液状化から戻った直後を狙えば物理オンリーでも対抗されてしまう。それ以上に動きが鈍いのが心配だが防御力は元々高い。それでも与作クラスの攻撃力は侮れないだろう。液状化も連続使用出来ないからな。

注意は必要だろう。

護鬼は多様な戦闘スタイルを選べる。それだけに穴は少ない。対戦ではオレ相手に剣と盾を選択した。総じて戦い難い相手だ。試合のメンバーでは唯一、後方支援が出来る点は有難い。ただ乱戦になったら前衛に出て貰わないといけないぞ？

戦鬼とは素手で対戦した。呵責装備は外してガチで行く。リグまでいるからガチでやっても大したダメージにならない、よな？　打撃、蹴り、関節技に投げ技。確かめるように使っていく。問題なさそうだ。戦鬼とリグもこのままでいい。

装備も確認しておこう。メインは呵責の杖、そして呵責のトンファー。呵責の腕輪に足輪。バグナクに隠し爪。あ、黒縄はどうしようか？　予選では使う事すらしなかった装備だが。

目立つチームは事前に研究される。確かにそうだろう。オレは悪目立ちしてそうだし、まだ研究されていない手札を持っておくのは悪くない。

獄卒の黒縄を肩ベルトに沿うように担いでみる。暗器の隠し爪にバグナクも手に持って具合を確かめた。黒縄を少し解いて両手に持つ。結び目を作ってみたり、しごいてみたり、振り回してもみた。先端に結び目を作ると、一種のムチのように動かす事も出来そうだがこれは余計か？　そういった使い方が必要とは思えない。

「おはようございます」

「おっはー！」

時刻は午前六時、アデルとイリーナがログイン。昨日は敗北したんだが元気で何より。

「じゃあ朝ごはん！」

「キースさんもどうですか？」

「うむ、そうだな」

ジェリコを帰還させて人形の文楽を召喚する。机と椅子、そして道具と食材を《アイテム・ボックス》から取り出す。料理は任せた。

「用意はさせておこう」

「え？」

「え？」

「少し、付き合って貰いたいんだが」

黒縄はヤバそうなので、普通のロープを使って練習はしておきたい。対戦の相手をアデルとイリーナにして欲しい所だ。

「対戦、なんですか？」

「ハンデ！　ハンデないと無理！」

「考慮するよ」

アデルと四体の召喚モンスター達を相手に二戦、イリーナと四体の召喚モンスター達を相手にも二戦、アデルとイリーナ、それに四体の召喚モンスター達を相手に一戦した。オレと共に戦ったのは狼のヴォルフと鬼の護鬼だけ。朝飯の前にいい運動になったと思う。

《只今の戦闘勝利で【ロープワーク】がレベルアップしました！》

「やっぱりこれ、シゴキって言わない？」

「耐えるのよ、アデルちゃん！」

そうは言うが二人とも結構本気でオレを狙っていたじゃないの！　練習になったからいいけど。

「ロープを使われてどうだった？」

「うーちゃんとくろちゃんの足を止められて大変！」

「三毛に仕掛けられたのは苦労しました。トグロは苦になりませんでしたけど」

「ロープを本選で使うんですかー？」

「文字通り搦め手、だな」

本番では黒縄を使う予定だ。足止めに使えたら、というのが狙いだ。ただ両手が素手じゃないと使えないのが難点ではある。でもそれと引き換えになる程の効果があればいい。

「ロープを使うのはいいと思いますけど」

「なんというか、その、怖いですー」

うん？　何が怖いって？

人聞きが悪い。


「あとは女の子を泣かせない事でしょうか」

「そこが心配よねー」

うん？　女の子？　大会に出てきている以上、覚悟しているんじゃないのかね？


「そうか、心配なのか」

「いや、何か起きそうでちょっと心配ー」

「実績がありますから」

うん、どういう実績なのか分かるけどな。オレだけのせいじゃないと思うんですけど？

「そんな事態もそうそうないだろうに」

「本当かな？」

「一抹の不安が拭い切れないんですけど」

むう、そんな心配そうな目をするなって。

本当に何かが起きそうじゃないか！


朝飯を片付けたら移動用の布陣に切り替える。狼のヴォルフ、馬の残月、鷹（たか）のヘリックス、梟（ふくろう）の黒曜、妖精のヘザーだ。


「それじゃ、移動するぞー！」

「騎馬組は出来るだけ同乗させてね！」

春菜（はるな）と此花（このはな）に指示され、サモナー軍団が編成されていく。オレも残月にヒョードルくんを同乗させる。お姉様達の視線が痛いがそこはスルーで。極少数（ごく）の女性サモナーが熱視線を向けているんですが何でしょうね？

「ヒョードルくんは？」

「総受けよねー」

総受けって何だろう？　知らない方が幸せそうな予感がするのは何故だ？

レムトの町までの行軍は平穏に進んだ。その速度はゆっくりとしたものである。今日は魔物の勇者はいなかった。ま、そりゃそうだわな。

「では解散！」

「観戦組、行くよー！」

「ではキースさん、頑張って！」

「応援してるぞ！」

「優勝までいったれ！」

町の外で解散。そして激励の言葉も貰うのですがまあ声援は有難いものですなあ！

「僕、次の召喚モンスターは絶対に馬にします！」

ヒョードルくんは残月の頭や首元をナデナデしまくってました。実際、馬は序盤から召喚するのがオススメです。

「じゃあ私達も観客席で見てますので」

「応援してますよー」

そう言い残すとアデルとイリーナも召喚モンスターの陣容を切り替えて町に向かった。オレも試合用の布陣に切り替えようかね。ヴォルフ、ジェリコ、戦鬼にリグ、護鬼。いつもの布陣だ。

「私も今日はずっと観戦するから」

マルグリッドさんにも声を掛けられる。

「生産職選抜と決勝戦なら言う事ないわよね」

「で、その場合はどっちを応援するんですか？」

「勿論、生産職選抜よね」

まあ分かっていました！


「いいのよ、実際はどうでも。それよりもいい試合を見せて？」

「ネタ的に、じゃないですか？」

「分かってるじゃないの。何か起きそうだし」

マルグリッドさんはそう言い残すと町に向かった。こういう場合、期待されてると言っていいんだろうか？


受付を済ませるとすぐに控え室に通された。だが最初に会場を見に行った。出入り口付近で会場を見渡してみる。試合会場は新練兵場だけ。そして試合場は四面と予選よりも一面少なくしてある。その分、観客席を広くしてあるようだ。個人戦の時よりもより多く観客が入れるよう、客席の組み方も変えてあった。既に客席が半分ほど埋まりつつある。皆さん、早いって！

一旦、控え室に戻ると、本選出場者達も揃いつつあった。オレがいる控え室には合計八チーム。互いに知り合いのプレイヤーはいない。互いに視線を投げかけている。だが互いに名前までは【識別】出来ない。そういう仕様らしい。当然だがオレにも視線が投げかけられている。どうにもいけない。背中がむず痒くなる。


「では、こちらへどうぞ」

時刻は午前八時三十分。あるチームが職員さんに先導されて試合場に向かう。観戦したかったが、控え室の出入り口で押し留められてしまいました。生で観戦したいんですけどね。これは仕方ない、戦闘ログだけで我慢するか。

ジリジリとした時間が過ぎていく。最初にこの控え室を出たチームは戻って来なかった。つまり敗北って事だろう。次に呼ばれたチームは控え室に戻って来た。戻るなり早速、円陣を組んで反省会を始めていいます。成功体験に埋没する事なく、教訓を得る姿勢はあっていいよね！

「少し早いですが次の試合になります。こちらへ」

次の試合はオレの順番であるようだ。職員さんに先導されて会場に向かう。さて、どんな相手になるんでしょうかね？

試合場B面、その対角線にオレの相手がいる。HPMP（マジックポイント）を全快にして貰いながら【識別】を働かせてみる。

？？？　レベル13
ファイター　待機中

？？？　レベル13
ファイター　待機中

？？？　レベル13
ファイター　待機中

？？？　レベル13
トレジャーハンター　待機中

？？？　レベル13
ソーサラー　待機中

？？？　レベル13
ソーサラー　待機中

前衛のファイターは盾持ちメイス、盾持ち片手剣、それに刀か。後衛のトレジャーハンターは標準的か？　いや、肩ベルトには投げナイフが幾つもあるように見える。投擲もアリ、と。ソーサラーは弓持ちと杖持ち。スタンダードと言えばスタンダードな編成だが、予選を突破している理由がどこかにある筈だ。それは何か？　戦ってみたら分かる事だ。

予定の時刻になった。開始十秒前。

カウントダウンが始まっていた。

開始三秒前。

召喚モンスター達も平常通りだ。

今日も暴れてくれるだろう。

互いに。

礼。

「始め！」

「練気法！」「メディテート！」「ブレス！」

『メディテート！』『ブレス！』

相手チームの杖持ちソーサラー以外が一気に動き出した。オレの背中にはリグが這い上がっている。ジェリコも液状化して戦鬼の体を覆っていく。ヴォルフは先行した。護鬼の様子は確認せずオレは駆け出していた。

呪文も既に選択して実行済み。詠唱するオレ自身の声を聞きながら相手の様子を見る。

『スナイプ・シュート！』

後衛の弓使いから矢が飛んでくる。

矢は正確にオレの胸に突き刺さっていた。かまわず前に進む。リグがオレの上半身を移動し続けている。物理攻撃は、無視して前へ。前へ！

だがオレの前に前衛が二人。盾持ちメイス、そして両手に刀を持つファイター達だ。

トレジャーハンターの投げるナイフもオレに向けて投擲されてくる。あれ？　オレにばかり攻撃が集中してないか？

「フィジカルエンチャント・ウィンド！」

戦鬼の敏捷値を底上げ。

物理攻撃はリグがいたら凌げる。

そう考えていたオレの油断だったのだろう。

メイスが、刀がオレに向けて撃ち込まれた。

呵責の杖がオレの手から吹き飛んだ！


『切り返し！』

刀が袈裟斬りで飛んで来た。

初撃は半身で避けたがすぐに逆袈裟斬り。

逃げ場なし！

前に突っ込んで距離を詰め懐に飛び込んだ。


『パルスレーザー・バースト！』

『シールド・ラッシュ！』

『ピットフォール！』

更に攻撃が重ねられている。

最後の呪文は落とし穴。オレは二人のファイターと一緒に奈落の底へ落ちていた。

穴の底で二人のファイターと対峙する。刀持ちのファイターはいつの間にか短刀に持ち替えていた。二人ともダメージは少ないようだ。

リグはいつの間にかオレから剝がれてしまっていた。あの攻撃呪文だ！ 大きなダメージを喰らったまま、穴の底を蠢いている。オレ自身も用意してあった呪文は詠唱中断に追い込まれていた。

上から何かが降って来る。投げナイフ？

いや、更に大きな物体が降って来る。

トレジャーハンターだ！

同時にファイター達もオレを襲って来ていた。

これが彼等の手か。オレを孤立させて狙う作戦だったのだ！

上から降って来るトレジャーハンターを転がって避ける。そこに短刀が振り下ろされる。更に転がって避けた。

今度はメイスが振り下ろされた。これはまともに喰らってしまう。そのファイターの脚に足を絡めて前に引き倒す。太ももを摑んでスイッチ。背後に回って盾代わりにする。

また何かが降って来た。弓持ちソーサラーだ！

近距離から矢を撃ち込まれる。盾にしたファイターの頭スレスレを掠めてオレの眉間に飛んで来ていた。革兜に直撃。クソッ、痛いだろうが！

盾持ちファイターを短刀持ちファイターに向けて突き飛ばした。同時に弓持ちソーサラーに肉薄するが、横合いからトレジャーハンターが迫って来ているのが見えた。

そこに上から援軍。ヴォルフだ！

穴の底、狭い空間で揉み合いになった。

弓持ちソーサラーは次の矢を放つ寸前だった。

ヴォルフに介入され、矢を放つのに失敗する。


そこにオレが襲い掛かった。

手には黒縄。

背後に回り込みながら首元を絞める。

絞めた所から炎が吹き上がった。こいつの呪文は脅威だが、これで封じる事が出来るだろう。

『ッ！』

呪文詠唱も中断出来たようだ。だが気は抜けない。トレジャーハンターがオレに迫ろうとするのをソーサラーの体を盾にして牽制する。

卑怯かって？　素敵な言葉ですね、卑怯って。

ソーサラーの上半身を黒縄で拘束して地面に転がしておいた。

オレの手にはまだ残りの黒縄の束がある。

両手で黒縄を持つ。

同時に短刀持ちが襲い掛かって来た！

『シッ！』

突き出される腕に黒縄を絡めた。

ついでに首にも黒縄を掛けた。

更に胴体にも腕ごと縄を回して縛り上げる。

足を引っ掛けて地面に転がした。


『シールド・ラッシュ！』

避けたつもりだがここは穴の中だ。避けきれるような広さのある場所ではない。どうにか黒縄を手放し避けたのだが、かなりダメージを喰らってしまった。クソッ！　ＨＰバーが半分近くまで減っている！

地面を這い回っていたリグが黒縄に縛られて転がっているソーサラーに這い寄っている。

トレジャーハンターは黒縄を解こうとしたいのだろう。地面に転がっている仲間に視線が動く。

だが近寄れない。ヴォルフが牽制しているのだ。

「ガウッ！　ガウッ！」


威嚇するヴォルフ。その上から更に降って来る物があった。いや物じゃないよな？　杖持ちソーサラーが飛び降りてきましたよ？　そして護鬼も飛び降りて来てしまった！

あのさ、この穴の底は狭いんですよ。

狭いんだって！


乱戦、と言えばいいのか。超絶に狭い空間で揉みあう様な攻防が続いた。呪文？　仮想ウィンドウに視線を向ける余裕すら無い。無理！

武技？　それも無理！　だが盾持ちファイターはちゃんと武技を使っている。

『シールド・ラッシュ！』

今度はスライディングで避けた。

同時に足を引っ掛けて転がしてやる。

そのままバックをとって裸絞めに。

オレの左手に握り込んだ雪豹の隠し爪を首元に

押し込んだまま、首を絞め上げた。

トレジャーハンターは？　護鬼に穴の壁に押し込まれていた。杖持ちソーサラーは？　ヴォルフに喉元を噛まれたまま、地面に転がっている。

どうにかこのまま勝てそうか？


だがまたしても上から何かが降って来る。今度はジェリコだ。液状化しないまま、黒縄で縛られた短刀ファイターの上に着地した。

気の毒にそれだけでＨＰバーが砕け散った。

ジェリコがその拳をトレジャーハンターに叩き込む。本来ならば楽々と避けていたに違いないが彼は生憎と護鬼に押し込まれたままであった。

まともに拳を腹に喰らってＨＰバーが消滅。

いや、それはいいんだが。狭いよ！

裸絞めにしている腕に力を込め一気に捻った。

既にダメージが積み重なっていた盾持ちファイターのＨＰバーが一気に減っていく。

《試合終了！　戦闘を停止して下さい！》

誰かがギブアップしたらしい。危なかった。オレを集中して狙っていたのは明らかだ。冷や汗ものの勝利と言えるだろう。ピットフォールで作り上げられた落とし穴は解除され、穴の底にいたオレ達は元の試合場に戻った。

あ、いけね。裸絞めを解いて、盾持ちファイターを解放する。厄介なのは黒縄で縛られた弓持ちソーサラーだ。

上半身を起こしてあげた拍子に、革兜が地面に落ちた。あれ？　この人って見た事があるぞ？

「ちょ、ちょっと、ダメ！」

顔が真っ赤になったかと思ったら前屈みになって上半身を伏せてしまった。個人戦でオレが泣かせてしまったソーサラーさん、だよな？　名前は確かリディア。今回は泣き喚きはしなかったが、

その姿が問題だ。黒縄で首元と胸元が縛られており少し暴れたせいか足元にも黒縄が絡んでいる。その黒縄は股間を通って背中側に回っており両手首にも絡んでいた。

そして彼女の表情がマズい。涙目、それに真っ赤だ。体を出来るだけ伏せて、観客に見られないようにしているが、その風情がマズい。縄を解く間、彼女は声を押し殺すようにしていた。

泣いている。さめざめと、泣いている。

ヤバい。これはヤバ過ぎる！

「すぐに解くから！　少しだけ我慢して」

「は、はい」

か細い声に追い立てられるように縄を解きにかかる。これって羞恥プレイですか？

すぐに《アイテム・ボックス》から雨避け用のコートを出した。顔を隠しておこう。黒縄を外し終えると、彼女はそのまま仲間が復活している試合場の対角線に戻っていった。大丈夫か？　大丈夫だよね？　オレってば出来る限り、紳士的に振る舞ってたよね？　少し心配であるんだが。

一応、互いに対角線に戻ると一礼する。

《本選第二回戦に進出しました！　第二回戦は本日午前十時三十分、新練兵場A面の予定となります》

《一回戦突破によりボーナスポイントに2ポイント加算されます。合計で28ポイントになりました》

インフォはさておき気になるのは観客席だ。凄くザワザワしているんですが！　職員さんにHPMPを全快にして貰う。次に絨毯のようなものの上に導かれると、その絨毯が淡く光る。

これって装備の修復だ。この職員さん、アルケミスト系の技能持ちなのか！

「キースさん、控え室へ」

「ああ、すみません」

気になる。団体戦でもリディアを泣かせた男になってしまったのか？　それにマルグリッドさんは予言者なのか？　アデルとイリーナの懸念も的中した事になるのか？　気になる。次の試合どころじゃない！


控え室でジリジリとした時間を過ごした。今の試合の戦闘ログもあるのだが、見る勇気は起きない。保存して仮想ウィンドウを閉じた。

大丈夫だよね？　でもこう言ってはアレだが彼女の反応は凄く可愛かった。リディアはちょっとキツい感じの美人さんなのだが、あの恥じらいを浮かべた表情は以前マーメイドが見せたものにも似ている。

待て、何を思い出している！　集中、集中！

ダメだ、反芻してしまうオレがいる。いやあ、可愛かったなあ！

《フレンド登録者からメッセージが3件あります》

うん？　マルグリッドさん、アデル、イリーナからだった。悪い予感しかしない。

『このケダモノw』

マルグリッドさんのメッセージはこれだけ。添付されているスクリーンショットは三枚、連続して見ると、オレは泣いているリディアを縛り上げているようにしか見えない。誤解を生みそうな並びにしないで！

『やっちまったなあ！』

アデルのメッセージはこれだけ。添付されているスクリーンショットは三枚。リディアの恥じらう様子が拡大されてました。

可愛いな、これ。

いや、そうじゃなくてだな！

『だからあれほど言ったのに。既にこんな動画が掲示板にありましたよ？』

イリーナはこれだけだ。添付されているのは動画リンクだが再生してみると？　オレが泣いているリディアを縛り上げているように見える。こんな事してないぞ！　いや、これは縄を解く過程を逆回しにした代物のようだ。中々、クオリティが高い。いや、そうじゃなくて！

これは、いけない。いけない。気分は罠に嵌まって抜け出せなくなっている子ウサギも同然。ヴォルフの体を小脇に抱えて呆けていました。

いつの間にか試合は進んでいたようだ。本選第一回戦が全て終了した時点で控え室にいた八チームは三チームに減っていた。勝ち残ったチームは十六チームに減った訳だ。そして更に半分に減る事になる。三チームしかいない控え室なのだが、その空気は重苦しいものだった。

だがそれ以上に気になる。いや、目に焼きついてしまって離れなくなっていた。リディアの表情が瞼の裏に貼り付いている。奇妙な感覚だ。どうすれば直るんだ？

「ではこちらへ」

いつの間にか次の試合予定時刻になっていた。オレ達ともう一チームが職員さんに試合会場へと誘導された。今度は二試合同時にやるらしい。オレ達と同じ控え室にいたチームの相手は何と与作達のチームのようだ。これはご愁傷様と言えばいいのか？

だが他人に構っていられる状況ではない。オレの対戦相手は試合場の対角線の先にいた。肩に担いだ投網が見えるんですけど？　しかも三名もいる。それぞれが手に持っているのは銛だ。これはまた戦い難そうな相手になってしまった。

雛壇側を見てみる。師匠がいた。ジュナさんもその隣にいる。少し離れてギルド長。その隣にゲルタ婆様。更に一段高い席に巡検使の一行もいる。先刻の試合も見られていたんだろうか？

？？？　レベル13
フィッシャーマン　待機中
？？？　レベル9
フィッシャーマン　待機中
？？？　レベル13
フィッシャーマン　待機中
？？？　レベル12
トレジャーハンター　待機中
？？？　レベル11
ソーサラー　待機中
？？？　レベル10
ハンター　待機中

オレの相手は漁師兄弟がいるチームのようだ。前衛を全員ファイターに置き換えたら標準的な構成と言えるだろう。だが性格はまるで異なる。槍ファイターと比べても異質だ。銛は槍のカテゴリーになるのだろうが、その切っ先には返しがある。突き刺さったら外れない仕掛けだ。そして投擲が前提であり、柄にロープが繋がっている。これを片手で操るのだ。

投網も厄介だ。彼等が持ち込んでいる投網は網目が粗い。明らかに大型魚用？　いや、対人戦闘用だろうな。そして後衛が凄い。全員、弓持ちなのだ。なんという潔さ！

開始十秒前。

カウントダウンを耳にしながら思う。

どう戦うか？

開始三秒前。策ならある。

鍵は？　ゴーレムのジェリコだ。

互いに、礼。


「始め！」

「練気法！」「メディテート！」「ブレス！」

いつもの武技を使うとリグを貼り付かせたまま前進する。厄介な相手なのは間違いない。だがこんなユニークな相手もいないだろう。楽しめそうな気がしていた。

矢が何本も飛んで来る。

だが命中するのは半分も無い。

武技ではないせいか？

相手チームの全員が呪文詠唱をしているがスペル・バイブレイトの範囲にはまだ遠い。近付けば投網が待ち受けている。いっそ、最初に使ってくれたらいいのだが。投網は再度使うのに手間が要る事は分かっている。

ジェリコ、行け！

ヴォルフが前衛に迫るが銛で牽制されている。

戦鬼とジェリコがヴォルフと入れ替わった。

ジェリコが液状化したまま、地面を流れて行く。

投網が放たれた。目標は戦鬼。だがその投網に掛かったのはジェリコの方だ。液状化から戻って人型となり戦鬼の壁になる。これがオレの策だ。

だがまだ投網は二つ残っている。ジェリコは投網のせいで上手く動けないがそれでも前衛に迫る動きを見せた。漁師兄弟の視線がジェリコと戦鬼に集中している。


「フィジカルエンチャント・ウィンド！」

ジェリコの敏捷値を強化。次だ。

「スペル・バイブレイト！」

後衛には届かないが構うものか！　前衛三名の呪文詠唱がキャンセル出来た。

一番近い位置の漁師が投網を放る動きを見せた。すぐにジェリコの後ろに移動。構わず投げられた網はオレを捕らえられず、ジェリコに掛かってしまう。


『ライト・エクスプロージョン！』

『アクア・スラッシュ！』

『フィジカルエンチャント・ファイア！』

相手の後衛陣の呪文が次々と放たれる。オレにはリグが貼り付いているが、攻撃呪文のダメージをまともに喰らってしまう。

全体攻撃呪文では逃げ場が無い。

やってくれるものだ！

ジェリコが再び液状化、投網をすり抜けた。

同時に戦鬼が前衛に襲い掛かる。


壮絶な肉弾戦が始まった。

「グラビティ・バレット！」

前衛の真ん中にいる漁師に呪文を撃ち込む。

そして懐に入ろうとしたが、入れない。


『足払い！』

『二段突き！』

突きと払いのコンビネーションだ。

バックステップで足払いを空振りさせたが突きが問題だ。杖で受けきったのはいいが、二撃目は腹に喰らいました。

結構、痛いって！

オレに攻撃が集中するのは分かっていた。

だがそれでいい。

戦鬼が前衛突破を狙う。

最後に残った投網が戦鬼に放たれる。

だがその投網もジェリコの壁に阻まれた。

ここまでは狙い通りか？

「ファイア・ヒール！」

自分自身に回復呪文を掛けておく。武技ではないが銛のコンビネーションがオレを襲う。しかもリグがカバーしていない足元や腕狙い。こっちは捌くだけで手一杯だ！

『フリーズ・バレット！』

『スチーム・ショット！』

呪文がまたしても飛んで来る。リグに直撃。吹き飛ばされてしまい、剝がれてしまった。だがそのお陰でオレにはダメージは無い。

『エンチャンテッド・ファイア！』

相手チーム後衛の支援も続いている。

なんと、前衛をまだ突破出来ていないのだ。

盾も無いというのに！


ハンターとトレジャーハンターが弓を手放し剣を抜いて前衛に加わった。この二名が戦鬼とヴォルフに迫る。

漁師一名がジェリコを相手に奮戦している。ダメージは相当あるが大したものだ！

そしてオレの目の前に漁師が二名。

銛を構え直してきた。

来る。何が？

恐らくは怒濤の攻撃が、来る。

『足払い！』

『二段突き！』

またしてもさっきのコンビネーション。

だが今度は違う。オレは下がらず、前に出た。

呵責の杖で銛を受け、足払いは跳躍して避けた。

呵責の杖が吹き飛ばされる。

それでも前へ進む。

「ワールウィンド！」

至近距離から漁師に呪文を撃ち込む。

オレの横合いからは護鬼がその漁師に迫る。

剣と斧を両手に持った二刀流スタイルだ。

虚を衝かれる形で護鬼の斧が漁師の胴体に吸い込まれていくのが見えた。だがその一撃を喰らいながらもまだ戦えるようだ。

おい、化け物かよ！

オレの目の前にいる漁師も似たようなものか？

おっかないな、おい！


銛を持つ漁師の懐に入ったのはいい。

だが思わぬ反撃に遭遇した。

横っ面に張り手。

どうにか避けたが、続いてタックル。

いや、かち上げ？

そして頭突き。

避けるだけで精一杯だ。


漁師の手には既に銛はない。

この攻撃は？

そう、相撲だ！

漁師が腰を落とす。

アメリカン・フットボールではないよな？

ちゃんと股割りしてるし。

仕切りも何も無い。

いきなりぶつかり稽古が始まっていた。


トンファーを手にする暇も無かった。

それが良かったのかもしれない。

半身に転じてなんとか凌ぐ。

が、僅かに後退させられていたようだ。

引かば押せ、押さば押せ。

これは精神論ではない。

相撲の高度な技術の一端を表している。

武器を持った戦いではバックステップも有効なのだが、無手同士だと後退は不利だ。

懐に飛び込むインステップか、横に回り込むサイドステップを基本にすべきだが、それを許さない速度で張り手とぶちかましが飛んで来る。

真っ直ぐに引くのは危険だ。

だから、真っ直ぐ前に進む。

狙いは、足元。

スライディングするようにして足元に滑り込むと脇に右足首を抱えてスパイラルガードを狙う。

下から左膝を蹴り飛ばして、股間も蹴り上げた。

うん、股間だ。

一瞬だが体が硬直したのが分かる。

右足首を極めたまま捻る。

左足を払って地面に転がした。

立ち上がると同時に銛が頭の横を掠める。

もう一名の漁師が介入してきやがった。

そう、これは集団戦だ。

動きを止める寝技はリスクが大きい。


その漁師も背後から護鬼の攻撃を喰らっている。

背後を気にした所で一気に距離を詰めた。

右肘打ちを腹に。

左掌底で顎の下に一撃。

右拳で顎に一撃。

但し右拳には疾風虎の隠し爪が握ってある。

僅かに肉に突き刺さった感触。

そして引っ掻いた。

棒立ちになった漁師の背後から護鬼が後頭部に斧を叩き込んだ。そして剣も叩き込むが、その一撃は命中しない。

地面に転がした漁師がいつの間にか立ち上がって張り手を護鬼に叩き込んでいた。


追撃してくるか、と思ったのだが。

漁師達は交代した。

素手だった漁師も拾った銛を手にしている。

『アクア・ヒール！』

「ファイア・ヒール！」

後衛ソーサラーが半分以下にまでＨＰバーが減っていた漁師を癒す。オレはリグを回復させた。

そのリグは戦鬼の体を這い上がっていく。

オレの左側に護鬼とジェリコ。

右側にヴォルフ、戦鬼とリグ。

相手チームも試合場の一角でソーサラーを守るように守備を固めていた。全員、ＨＰバーが削れていて満身創痍だ。

それはこっちも同様。あのジェリコや戦鬼すらも目に見えてＨＰバーが減っている。

呪文詠唱が再び聞こえていた。

背中にあるトンファーを左手に持つ。

ヴォルフ達は包囲の輪を縮めた。

「スペル・バイブレイト！」

「ガゥァァァァッ！」

呪文詠唱は全てキャンセルされた。

そしてヴォルフの威嚇を合図に、ジェリコが先頭となって襲い掛かった。オレも続く。

戦鬼とリグ、ヴォルフ、護鬼も戦列を組み、並列突撃を敢行していった。

銛がジェリコを突くが液状化して後衛ソーサラーを狙う。戦鬼は前衛漁師に襲い掛かった。

ソーサラーとハンターはジェリコに場外へと押し込まれて詰んだ。

トレジャーハンターはヴォルフに喉を食い破られてしまう。

前衛の漁師三名はかなり粘ったが、それも長く続かなかった。数の優位は確定的だ。それでもオレに向けて攻撃を止めようとしない。

「ヴォルカニック・シュート！」

最後の漁師が突進してきたのを攻撃呪文で迎撃すると、前蹴りを腹に叩き込む。

側頭部にトンファーを撃ち込むとＨＰバーが全て砕けて散った。
《試合終了！　戦闘を停止して下さい！》
《只今の戦闘勝利で【時空魔法】がレベルアップしました！》
《【時空魔法】呪文のリジェネレートを取得しました！》
《【時空魔法】呪文のグラビティ・メイルを取得しました！》
《只今の戦闘勝利で【溶魔法】がレベルアップしました！》
疲れた。かなり粘られてしまった。インフォが気になる。まあこれは控え室に戻ってから確認したらいいか。
互いに対角線に戻ると一礼する。確かに勝ったがこっちの被害も甚大だ。オレだってファイア・ヒールで回復していなかったら危なかったんじゃないかな？
《本選第三回戦に進出しました！　第三回戦は本日午前十一時三十分、新練兵場Ｂ面の予定となります》
《二回戦突破によりボーナスポイントに２ポイント加算されます。合計で30ポイントになりました》
ＨＰＭＰを全快にして貰い、装備の修復を終えると職員さんに誘導されて控え室に戻ったが、横目で隣の試合場を見ると、与作達のチームはまだ戦っているようだ。与作達のチームが苦戦している、だと？
「ここで観戦はダメですかね？」
「ダメです。一日控え室へお戻り下さい」
仕方ない、控え室で戦闘ログを見るとしよう。

オレ達と入れ替わりに残っていたチームが職員さんに誘導されて出て行った。いかん、様々な事が頭の中で浮かんでは消えている。

そうだ、与作達の試合はどうなっている？

戦闘ログを仮想ウィンドウに表示してみる。ランバージャック、ストーンカッターがまだ戦っているようだ。つまり与作達のチームメンバーの半数以上が戦闘除外になっているのだ。俄には信じられない。

ファーマーの名前が無い。つまりハンネスは戦線離脱か。そして残った二名もＨＰバーが半分も残っていない。

相手チームも当然だが無事ではない。健在なのは五名。いや、四名に減ったな。ファイターが一名、与作に屠られたようだ。

残っているのはファイター二名とハンター一名、それにトレジャーハンター一名。明らかに分が悪い。二対四の圧倒的不利。どうにかファイターを一名沈めたが、ストーンカッターの東雲も相打ちで沈む。これで一対三。最後に残った与作も奮戦しているが不利は覆りそうにない。

つかこれは何だ？　与作の攻撃が、当たっていない。ファイターが攻撃している様子は無く、ハンターとトレジャーハンターが攻撃を仕掛けているようだ。与作のＨＰバーがもう残り少ない。最後はウィンド・カッターで決着がついた。

一体、何が？　恐らくは実際に試合を見ていたであろうアデルかイリーナに聞いた方が早い。テレパスで連絡をとろうとしたのだがここは控え室でした。通じません。

で、イリーナにメッセージを送ってみる。そう時間が掛からずに返信が来た。

『与作さん達の敗北ですが、相手チームは全員が高機動に特化したチームです』

ほう。それにしても解せぬ。

『与作さんと東雲さんは最後までまともに接近戦が出来ませんでした。動画は外部リンクにもうあります』

いやはや、素早い事だ。

控え室に与作達と戦ったチームが戻った。部屋の一角で互いに歓声を上げて騒いでいるようだ。

次の試合まで少し時間はあるよな？　視聴しておくとするか。

試合を見た最初の感想？　凄い。これに尽きる。

相手チームも余裕で勝てた訳じゃない。チームの半数が戦線離脱しているのだ。

このチームは全員が高い機動性を持っていた、とはイリーナの評だがそれは間違っていない。だがそれ以上に攻撃の集中、早いタイミングでのダメージ回復が見事だ。確かに最後まで与作と東雲とはまともに接近戦をしていない。正対した場合は回避に徹している。受ける事もしてない。

それでも掠めるように攻撃を喰らって大ダメージもあるが、回復による支援が速い。

個別に見ると、比較的ハンターが呪文を担当する頻度が高かった。ソーサラーも高い機動性を活かして弓矢で攻撃する場面が多かったりする。いや、前衛後衛と関係なく呪文を常に用意するような形だ。杖持ちはおらず呪文の効率は無視してチーム全体で相互に支え合うスタイルか。

最初にファーマー、つまりハンネスが陥落。前衛ファイター二名とハンター、ソーサラーに攻撃を集中されてしまった結果がこれだ。その後も足を止めずに常に動き続けながら与作達を翻弄し続けていた。重ねて言おう。凄い。見事だ。

与作達に手はなかったか？　両翼を広げるように前衛に四名を配置する戦術も悪くないと思うの

だが。足を止める呪文を使えたらかなり戦況は違っていただろう。ハンネスならば木魔法の呪文が使えた筈だが真っ先に沈んだのが痛かった。

いや、壁呪文を使ってもいい。要するに高い機動力を自由に発揮させない、そういった工夫が要るだろう。これは見ておいて良かった。

そういえばオレ、使える呪文が増えていたんだっけ。時空魔法の呪文でリジェネレート、それにグラビティ・メイルか。リジェネレートは徐々にＨＰを回復していく呪文だな。普段使っている回復呪文がポーションならこいつは回復丸（がん）か。ファイア・ヒールの継続して徐々に回復する効果と同じだろう。だがこっちの方が効果が高くなっている筈だ。つかそうじゃないと困る。

グラビティ・メイルは重力の鎧（よろい）を纏（まと）うようなイメージ？　効果がまた面白い。攻撃では攻撃力と破壊力が向上。防御では相手の攻撃力と破壊力を減衰。敏捷性も向上するとか便利過ぎ！　それに魔法しか効かない魔物にもダメージが通るようになるみたいだ。ただ他のプレイヤーに使うには接触が必要な点は注意が必要だな。

試合の戦闘ログを見直して時間を潰す。第二回戦の最後の試合まで目を通し終えた。これで勝ち残ったのは八チームになった訳だが職員さんは呼びに来ない。ヴォルフの背中を撫（な）でながら戦闘ログを眺めて出番を待った。

「ではこちらへどうぞ」

やっと職員さんに呼ばれ控え室を出た。もう一方のチームも別の職員さんに誘導されて控え室を出る。また隣同士の試合場になるのか、と思ったものだがオレの相手でした。

さて、どうするかね？　相手はその機動力で与作達を翻弄してみせたチームだ。こっちは狼のヴォルフがいるけどそれだけでは不足するか？

？？？　レベル14
ファイター　待機中
？？？　レベル13
ファイター　待機中
？？？　レベル14
ファイター　待機中
？？？　レベル13
トレジャーハンター　待機中
？？？　レベル14
ソーサラー　待機中
？？？　レベル13
ハンター　待機中

《これまでの行動経験で【識別】がレベルアップしました！》

レベルアップはいいとして、相手のレベルが高めなのはまあ当然だな。装備を見ても重装備はいない。前衛で盾持ちなのは一名だけ、得物は剣だ。他のファイターは刀持ちとメイス二刀流。そして後衛は全員が弓矢持ち。だが戦闘ログではトレジャーハンターやハンターも腰の得物を使っていた。装備しているのはトレジャーハンターは短めの剣、ハンターはレイピアかな？　警戒すべきだろう。

リグは敢えて戦鬼に貼り付かせた。相手チームの思惑は？　機動力を活かし六対六にさせずこちらを各個撃破、そんな所か。出来るだけオレを集中して狙いたいだろうな。

開始三秒前。

互いに、礼。


「始め！」

「練気法！」「メディテート！」「ブレス！」

開始と同時に全員が動く。

相手も全員が駆けつつ呪文詠唱をしている。

凄いな。全員が速い。

だが狼のヴォルフはもっと速い。

先制で先頭のメイス二刀流を襲う。

だがそいつはメイスでヴォルフの牙を受け止めると振り切ってオレに向かってきた。

いや、全員がオレを狙っている！

間に合うか？


「ソーン・フェンス！」

呪文は間に合った。

棘(とげ)付きの蔦(つた)が絡み合った壁が出現する。

そこに前衛ファイターがまともに突っ込んだ。


勢いがあっただけに回避出来なかったな？


「スペル・バイブレイト！」

すぐさま呪文詠唱を阻害しに掛かる。

効果を確認せず次の呪文を選択して実行。

呵責の杖を手に蔦の壁を回り込んだ。

動けなくなっている前衛は二名？

戦鬼、ジェリコに任せます。

目の前に、トレジャーハンター。

矢を放って来たが無視。

動きが速い。距離をとろうとしていた。

杖で足元を薙(な)ぐ。倒れた所で黒縄を片手にした。

こちらも相手の数を減らすとしよう。

一旦、杖を手放す。

手首に縄を引っ掛けて後ろ手に回す。

頭に腕を回して首にも縄を回す。

胴体にも二重に縄を掛けて、両足首を一緒に縛って転がしておいた。これでいい。

ハンターの放つ矢がオレに迫る。
だがその矢は護鬼が盾で防いでくれていた。
迎撃ならば他にも手はある。
でもね、それでは面白くないのですよ！

「スチーム・ミスト！」
試合場が水蒸気に包まれる。
観客には申し訳ないけどね。
足を止めるなら視覚を奪うのもいいよね？
何やら争う気配がする。
相手チームの呪文詠唱も聞こえていた。

『フィジカルエンチャント・ウィンド！』
敏捷値を強化したのか。
だが更に呪文詠唱が続く。
術者のうち誰かが風魔法を持っている。
霧を散らす呪文を持っている筈。
エアカレント・コントロールだ！

呪文詠唱の声を頼りに駆ける。
横顔が、見えた。その胴体にタックル。
だが呪文詠唱は続いていた。

「グラビティ・メイル！」
体に不思議な感覚が宿った。
妙に軽い？　まあそれはいい。
相手の首に左腕を回して両腕でロック。
右手で側頭部を引っ掛けて捻った。
ＨＰバーが一瞬で消え去ったようだ。

『エアカレント・コントロール！』
風が試合場を吹き抜けた。霧が晴れてしまう！
相手チームは？
まだ動いているのは二名だけだ。
両手にメイスを持つファイターは健在。
その後ろにハンターか？　これも健在。
蔦の壁に突っ込んだファイター二名は？

もう詰んでいた。戦鬼とジェリコに屠られてしまったのだろう。


「サーマル・エクステンション！」

全体攻撃呪文を撃ち込む。

同時にヴォルフが仕掛けた。

オレも続く。

だが残った二名、まだまだ元気だ。

速い！

オレはヴォルフと並列でメイス持ちに当たる。

後方のハンターは無視。

場所が試合場の角だったのも良かった。

相手はオレとヴォルフの間を越えられない。

後方からジェリコと戦鬼が来ている筈だ。

さあ、どうする？

ハンターが呪文詠唱を始める。

オレも呪文を選択して実行した。

メイス持ちが腰を落として前傾姿勢をとる。


そうか、まだやるんだな？

そうでなきゃ！


『ワールウィンド！』

「ディメンション・ミラー！」

メイス持ちファイターがオレに向けて突撃。

ハンターも呪文を放つ。

突撃と呪文、その両方を呪文で跳ね返す。

すかさずオレはメイス持ちのファイターに、ヴォルフは後衛のハンターに襲い掛かった。

最早(もはや)、両者に逃げ場は無い。

《試合終了！　戦闘を停止して下さい！》
《只今の戦闘勝利で【塵(ちり)魔法】がレベルアップしました！》
《只今の戦闘勝利で【灼(しゃく)魔法】がレベルアップしました！》

意外に決着、早かったよな？　足を止めてから、という戦い方は正解だった訳だ。

互いに対角線に戻ると一礼する。

こっちの被害は軽微なものだ。

《本選第四回戦に進出しました！　第四回戦は本日午後零時十分、新練兵場B面の予定となります》

《三回戦突破によりボーナスポイントに2ポイント加算されます。合計で32ポイントになりました》

ＨＰＭＰを全快にして貰い、装備の修復を終えた。殆どあって無いようなものだ。

横目で隣の試合場を見る。こっちはかなり拮抗した戦況に見えた。

「やっぱり、ここで観戦はダメですか？」

「ダメです」

やはりか。生で見たいんだがなあ。

第四回戦まで時間はあるようで無かった。第三回戦の戦闘ログを全て見る事は出来なかったが、それでも概要は把握したと思う。

勝ち上がって来たのは？　オレ達。堅守型。バランス型。そして攻撃特化型。戦闘ログだけでは言い切れないが、オレ的には攻撃特化型がやり難いかな？　一発で逆転が可能な怖さがある。

「では第四回戦になります。こちらへ」

職員さんに促されて試合場に向かう。

果たしてどのチームと当たるのか？

？？？　レベル13
ファイター　待機中
？？？　レベル13
ファイター　待機中

？？？　レベル14
ファイター　待機中

？？？　レベル13
トレジャーハンター　待機中

？？？　レベル13
ソーサラー　待機中

？？？　レベル13
ソーサラー　待機中

既に試合場に来ていたみたいだ。どうやら攻撃特化型。前衛ファイターの得物は両手斧、両手槍、両手剣。後衛は杖持ちソーサラーが二名。トレジャーハンターは弓矢持ちだが、第三回戦の戦闘ログによると小剣で二刀流もするようだ。


雛壇を見る。ジュナさんがオレの視線に気が付いたようだ。手を振って何か声援を飛ばしてるようだ。師匠は？　ギルド長と口論の模様。

観客席を見る。アデルとイリーナがいる一角は分かり易い。鷹や梟が目立つからな。マルグリッドさんや与作達、それに紅蓮達もいるようだ。

そして視線を対戦相手に向ける。攻撃に特化したチームか。与作もそうだが、前傾姿勢で来る相手というのは怖いのですよ。オレとは互いに戦闘スタイルが噛み合うからだ。特にオレがマズい。どうしても付き合ってしまう。

今回、スライムのリグはオレに貼り付かせた。相手も対策はしてくるだろう。さて、どうする？　同じカードを切り続けるのは危ういか？　まだ見せていない呪文？　それもいい。

開始三秒前。

互いに、礼。

「始め！」

「練気法！」「メディテート！」「ブレス！」

開始と同時に全員が動き出す。

そして駆け出す。

互いに攻撃を企図して距離を詰める。

勝つにせよ、負けるにせよ、決着は早そうだ！


「ガゥァァァッ！」

先行したヴォルフが突っ込んで吠える。

威嚇だ。

でも足を止めた前衛は一名だけ。両手槍だ。

その一瞬にヴォルフ目掛けて矢が放たれた。

足を止めた両手槍ファイターがヴォルフと相対するようだ。両手斧と両手剣は前進を続けている。

重装備だから遅々としたものだ。

前衛の戦線押し上げ、後衛は当然その後ろ。

真正面からやり合う気だな？


「サンダー・シャワー！」

後衛も近寄った所に雷魔法の全体攻撃呪文。

一名だけでいい、麻痺してくれたら儲けものだ。

両手斧が、両手剣が、硬直している。

攻撃出来るチャンス。

だがオレの選択は別だ。

両手斧と両手剣の間を抜けて後衛に迫る。

もっと、後衛の、近くへ！

まだ呪文詠唱が聞こえている。

間に合うか？


「スペル・バイブレイト！」

後衛全員の呪文詠唱が途切れる。

だがオレの手から呵責の杖が吹き飛んだ。

何だ？

トレジャーハンターの攻撃だった。

その手にあるのは？　鞭だ！

ソーサラー達が再び呪文詠唱を開始する。

オレは背中のトンファーを手にした。

そして突進。トレジャーハンターが目障りだが、後衛のソーサラーは早めに潰しておきたい。

横合いから鞭がオレを叩く。

だがオレにはリグがいる。問題は無い。

真っ直ぐソーサラー達を襲った。

一人目のソーサラーに対しては杖を持つその手を払いのけて顔面を一撃。そして側頭部にも追撃。昏倒（こんとう）した。

もう一名を襲おうとしたがオレの手に何かが絡んでいる。鞭だ！

引っ張られてしまうが、その勢いに逆らわずトレジャーハンターに向かう。

そのトレジャーハンター、片手には鞭、もう一方の手には小剣だ。異なる武器で二刀流かよ！

「サンダー・アロー！」

目の前のトレジャーハンターに呪文を叩き込んでから距離を詰めていく。

僅かに反応が遅れている。

まだだ。もう少し痺（しび）れていろよ？

間に合った。

棒立ちの所に攻撃を一気に叩き込んで沈めた。

では、次だ。


『エネミー・バーン！』

オレの全身が燃え上がった。

熱い！　リグがいても熱いよ！

反転して残っていたソーサラーに突進。

腰砕けになりながら、杖を振り回している。

問題ない。脇を抜けながら背後に回り込み、腕を首に回して絞め上げる。

少し、余裕があるか？　戦況の確認だ。

戦鬼は両手剣を相手に奮戦中。こう言っては何だが、このファイター凄いな！　ＭＰバーもかなり減っている。武技で戦鬼のＨＰバーをかなり減らしたんだろう。だが戦鬼には自動回復がある。ジェリコも両手斧相手に戦っている。かなりＨＰバーが減っているな！　両手斧ファイターもかなり減らしている。ジェリコが液状化を何度か駆使しているのがＭＰバーで分かる。それでいてこれか。恐るべし両手斧ファイター。

護鬼とヴォルフは両手槍を相手にしている。二対一の構図だ。両手槍ファイターはもうすぐ陥落するだろう。但し護鬼もヴォルフも無傷じゃない。

「フリーズ・バレット！」

両手槍ファイターに呪文を叩き込み仕留めた。トンファーを持ったまま裸絞めにしていたソーリラーもそろそろいいか？　リグに貼り付かれて痺れている。もう少しで口を塞ぐ所まで行くだろうが先を急ぎたい。

一瞬、トンファーから手を離して首を回した。一気にＨＰバーが砕け散る。これであと二名。

数の優位は揺るぎない様相になっている。獲物を横取りするのも悪い。支援に留めておくか。サンダー・アローにフリーズ・バレットを次々と撃ち込んで行く。かなり粘られているが気にしない。さすがだ、と思っておこう。

《試合終了！　戦闘を停止して下さい！》

《只今の戦闘勝利で【雷魔法】がレベルアップしました！》

《只今の戦闘勝利で【氷魔法】がレベルアップしました！》

《本選第五回戦、決勝戦に進出しました！　決勝戦は本日午後零時三十分、新練兵場Ａ面の予定となります》

《四回戦突破によりボーナスポイントに2ポイント加算されます。合計で34ポイントになりました》

《只今の戦闘勝利で召喚モンスター『ヴォルフ』

がレベルアップしました！》
《任意のステータス値に1ポイントを加算して下さい》
《只今の戦闘勝利で召喚モンスター『戦鬼』がレベルアップしました！》
《任意のステータス値に1ポイントを加算して下さい》
ヴォルフのステータス値で既に上昇しているのは生命力だった。もう一点のステータスアップは器用値を指定する。戦鬼のステータス値で既に上昇しているのは生命力だ。もう一点のステータスアップは筋力値を指定だ。

ヴォルフ

グレイウルフLv4→Lv5（↑1）

器用値　13（↑1）
敏捷値　30
知力値　13
筋力値　16
生命力　22（↑1）
精神力　13

スキル

噛み付き
疾駆
威嚇
天耳
危険察知
追跡
夜目
気配遮断

戦鬼

レッサーオーガLv2→Lv3（↑1）

器用値　11
敏捷値　20
知力値　6
筋力値　29（↑1）
生命力　29（↑1）
精神力　6

スキル

打撃
蹴り
投擲
受け
回避
登攀
投げ技
自己回復[微]

ＨＰＭＰを全快にして貰い、装備の修復を終える。隣の試合場ではまだ戦闘継続中らしい。

「ダメ、なんですよね？」

「当然です」

準決勝ともなれば見応えがあるに違いない。こういった試合こそ生で見たい。残念な気持ちを抱えたまま控え室に戻る事になった。


決勝戦までの時間は少なかった。もう一つの第四回戦は控え室に戻った時点で決着していた。勝ち上がって来たのは堅守型だ。戦闘ログに目を通す。分かる範囲で把握したのは数点だけ。

前衛は三名の重盾持ち重量級ファイター。しかも一名はドワーフ。守りを固めながら武技でカウンターを狙うスタイルだ。

後衛は前衛支援を優先、これが徹底している。第三回戦の戦闘ログにも目を通しているが、その記憶でも同様である。

搦め手が使えるかな？　特にジェリコは有効だとは思うのだが。ただ密集態勢を崩そうとしない辺りは厄介だ。後衛はダメージ源のソーサラー一名、その両脇がハンター二名で前衛的な装備で戦う事もある。徹底的に防御重視なのだ。特に危険なのは土魔法のピットフォールか。

呵責のトンファーを《アイテム・ボックス》に放り込んで怒りのツルハシを出しておく。ピットフォールは実際に喰らった経験があるが、あの壁面はよじ登れそうなのだ。


「では決勝戦になります。どうぞ」

職員さんに促されて試合場に向かう。

さて、どう戦おうか？

うん、普通でいいや。

試合場のテンションは高い。いや、高過ぎ！

声援が耳に痛いって！　雛壇でギルド長が演説していているみたいだが、誰が聞いてるんだ？

？？？　レベル13
ファイター　待機中
？？？　レベル13
ファイター　待機中
？？？　レベル13
ファイター　待機中
？？？　レベル13
ソーサラー　待機中
？？？　レベル13
ハンター　待機中
？？？　レベル13
ハンター　待機中

対戦相手も試合場の対角線に揃っている。装備に変更は無し。前衛は全員が重装備のファイター。盾は全て重盾、デザインが全く一緒だ。真ん中のファイターの得物は片手メイス、但しかなりの重量級。右端のファイターは片手斧、これもかなりの重量級。左端のドワーフファイターは槌だが、長柄である。これを片手で使うらしい。

後衛のハンター達はお揃いだ。弓矢を持ってはいるが、小剣の二刀流を使う事も分かっている。

ソーサラーだけ装備が標準的だな。だがこいつこそが最も大きなダメージ源になっていた。ここまで火魔法に土魔法、闇魔法を使っている。エネミー・バーンは脅威だがオレに使ってくれる分には問題は大きくない筈だ。リグの火耐性に期待出来る。だが果たして手札はそれだけだろうか？

まあ、今更気にし過ぎても仕方ない。リグはオレに貼り付かせておく。ジェリコは液状化して戦鬼に纏わせる手順も変えなくていい。

　開始三秒前。

　互いに、礼。


「始め！」

「練気法！」「メディテート！」「ブレス！」

　開始と同時に全員が動き、出さなかった。

　相手チームからも呪文詠唱が合唱のように響いているが前進してこない。完全に迎撃の構えだ。

　ヴォルフが加速する。試合場の中央を過ぎて一旦足を止めて、短く吠えた。


「ガァ！」

　だが誰も動じる様子は無い。

　後衛に迫る隙間も出来なかった。

それどころか矢も飛んでこない。

　呪文に集中って事か。


「グラビティ・メイル！」

　オレ自身を呪文で強化。スペル・バイブレイトを使うにはまだ遠い。迷った。

　いや、迷ってはなるまい。スペル・バイブレイトは諦めて次の呪文を選択して実行。オレの横にはジェリコを纏った戦鬼が並んでいた。どれほどの堅守であろうとも液状化したジェリコは防げないだろう。


『エンチャンテッド・アクア！』

『メンタルエンチャント・ダーク！』

　強化呪文か。だがそれで終わらない。

『フラッシュ・ライト！』

『フィジカルエンチャント・ファイア！』

『サイコ・ポッド！』

『ピットフォール！』

最後の呪文はオレに来るか、と思ったが戦鬼とジェリコかよ！　それに、何だ？　戦闘で使うとは思えない呪文も使っていたような？

試合場の中央にフラッシュ・ライトで生じた光源が浮かぶ。何が狙いだ？

「ヴォルカニック・ブラスト！」

溶魔法の全体攻撃呪文を撃ち込んでおく。

「スペル・バイブレイト！」

呪文詠唱が幾つも途絶えた。

だが全てではない。

杖で前衛の足の甲を狙って突く。直撃！

すかさずメイスがカウンターで襲ってくる。

掠りはしたが問題ない。

でも何故だ？　武技を使ってこない。

前衛も呪文詠唱を再び開始している。

後方の穴から戦鬼が飛び出した。

オレの右隣に並ぶ。左隣には護鬼。

ジェリコは穴の中か？　少しだけ後ろを向いて確認してみると液状化したジェリコが壁を這い登っているのが見えた。

『アクア・ヒール！』

『カーズド・シャドウ！』

呪文が命中した感じはしない。

でも胸にはハッキリとした痛みがある。

カーズド・シャドウ？

しまった！　闇魔法の攻撃呪文だ！

試合場の中央に光の塊が浮いている。その光は相手チームに向かってオレの影を地面に投影していた。カーズド・シャドウは影を切り裂き影の主にダメージを与える攻撃呪文だ。フラッシュ・ライトはこの為の布石だったのか！

『サイコ・ポッド！』

またしても支援呪文か。これは恐らく、いや、間違いなくスペル・バイブレイト対策だ。

「グラビティ・メイル！」

ジェリコに手を当てて呪文で強化。ジェリコのＭＰバーはまだ半分以上、残っている。液状化、行けるよな？　今度はこっちが仕掛けるぞ！

ジェリコが液状化、地面を滑る様に移動する。戦鬼が、ヴォルフが、護鬼が、相手チームの前衛に向けて襲い掛かった。

「スペル・バイブレイト！」

武技を使ってからオレも戦列に加わった。

前衛の呪文詠唱は全て途切れている。

だが武技を使ってこない。

呪文詠唱を始めていた。

オレの攻撃はともかく、戦鬼の攻撃を凌ぐのは難しいだろう。そう思ってました。だが右端にいるファイターは重盾を上手く使い、腰を据えて凌ぎやがる。全く、とんでもないな！　まともに相手するのが馬鹿馬鹿しくなる。

一番左端のドワーフファイターには護鬼が当たる。護鬼は片手に剣、片手に斧を持って攻撃を次々と放つ。だが重盾で防がれてしまっている。

その一方でドワーフの反撃は数こそ少ないが的確だ。護鬼も避けているが、全ては避け切れず大きなダメージを一発喰らってしまっていた。

オレはメイス持ちに相対している。だが仕掛けは上々。相手の体にはリグが貼り付いていた。

ヴォルフが前衛を飛び越えて後衛に迫る。

戦鬼を踏み台にして、だ。

後衛に迫るジェリコの姿も見える。

それでも呪文詠唱が間断なく続いていた。

徹底している！


「グラビティ・メイル！」

今度は戦鬼に右手で触れて呪文で強化。

即座にメイス持ちに右拳を叩きつけた。

無論、重盾で防がれるが手応えが違う。

グラビティ・メイル、地味に凄い？

戦鬼の一撃で相手の重盾は壊れこそしなかったが、体の軸がズレた。

続いて蹴りがまともに入る。

重盾に、であるが。

今度は転がすのに成功した。

オレの感じた手応えとか問題じゃねえ。

凄いぞ！

後衛ではジェリコがハンターを殴り飛ばしているのが見えていた。ハンターもヴォルフ相手に剣で対抗しようとしているがこのまま乱戦に持ち込めるか？


『カーズド・シャドウ！』

またしてもあの攻撃呪文だ。

クソッ！　またオレだよ！


「リジェネレート！」

オレ自身に回復呪文を掛ける。

自己回復だけどな！


「スペル・バイブレイト！」

呪文詠唱しているのは一名だけのようだがそれでも使う。ダメか。まだ呪文詠唱が続く。

ジェリコとヴォルフは？

それぞれ、ハンターを相手に奮戦中か。

メイス持ちファイターの顔にリグが迫る。

もう少し。もう少しで、優勢に転じる。

相手の足元を杖で突きながらそう念じた。

槌がリグに直撃。何を無駄な事を、と思ったがリグのＨＰバーが三割ほど一気に減った。

え？　槌持ちファイターのマーカーには小さなマーカーが重なっている。強化済みの奴(やつ)だったのか！

だがその攻撃が隙を生んだ。

杖で槌持ちファイターの足の甲を突く。

護鬼が左手の斧を側頭部に叩き込んだ。

重低音が試合場に響く。

だがまだＨＰバーが残っていた！

驚愕(きょうがく)したが護鬼の剣の一撃を受け沈んだ。

「スチーム・ショット！」

メイス持ちに至近距離から攻撃呪文が直撃。

続いて足を払うがビクともしない。

だが意識は散らした。

メイスを持つ腕に護鬼の斧が直撃する。

それでも得物を落とさない！

『カーズド・シャドウ！』

またかよ！　リジェネレートで自己回復した分のＨＰバーが一気に削られてしまった。だがカーズド・シャドウの心配はもう無用かもしれない。ソーサラーがジェリコの一撃を腹に喰らって沈んでいた。

残るのはメイス持ちのファイターとハンターの二名だけだ。ハンターはヴォルフに翻弄されてしまっている。ジェリコの追撃を横合いから喰らってしまい戦線離脱した。

残るは一名。それもすぐ決着かな？　ダメージを受けながらもリグが頭を覆い尽くそうとしていた。剝がすにしても仲間はもういない。

自分で剝がすにしても、メイスを放すか、重盾を放すか。いずれを選択しても詰むだろう。

ファイターの選択はオレへの突撃だった。

『シールド・ラッシュ！』
半分喰らいながらも体を半身にして避ける。
『脳天割（のうてんわり）！』
崩れた体勢からでも武技を繰り出す。
多少は喰らったかな？
だがそれと引き換えに右腕を捕まえた。
体重を掛けて引き込みながら反転する。
肘を極（き）めながら、投げた。
転がった所でリグが間に合った。
《試合終了！　戦闘を停止して下さい！》
《只今の戦闘勝利で【杖】がレベルアップしました！》
《只今の戦闘勝利で【連携】がレベルアップしました！》
《只今の戦闘勝利で召喚モンスター『ジェリコ』がレベルアップしました！》
《任意のステータス値に1ポイントを加算して下さい》
《只今の戦闘勝利で召喚モンスター『護鬼』がレベルアップしました！》
《任意のステータス値に1ポイントを加算して下さい》
《只今の戦闘勝利で召喚モンスター『リグ』がレベルアップしました！》
《任意のステータス値に1ポイントを加算して下さい》
《本選第五回戦、決勝戦に勝利しました！　おめでとうございます！》
《優勝によりボーナスポイントに3ポイント加算されます。合計で37ポイントになりました》
おい、決勝戦なんだし自重しろインフォ！　まあこれは急いでどうにかしておくしかない。ジェリコのステータス値で既に上昇していたのは筋力値だ。もう一点のステータスアップは器用値を指定だ。護鬼のステータス値で既に上昇しているのは生命力か。もう一点は知力値にしてと。リグのステータス値で既に上昇しているのは敏捷値、もう一点は精神力、これでヨシ！

ジェリコ

マッドゴーレムLv2→Lv3(↑1)

器用値　6(↑1)
敏捷値　6
知力値　5
筋力値　36(↑1)
生命力　36
精神力　6

スキル

打撃
蹴り
魔法抵抗[小]
自己修復[微]
受け
液状化

護鬼

羅刹Lv2→Lv3(↑1)

器用値　20
敏捷値　16
知力値　16(↑1)
筋力値　18
生命力　19(↑1)
精神力　15

スキル

弓
手斧
剣
小盾
受け
回避
隠蔽
闇属性

リグ
イエロープディングLv1→Lv2(↑1)
器用値　17
敏捷値　10(↑1)
知力値　7
筋力値　7
生命力　10
精神力　8(↑1)

スキル
溶解
形状変化
粘度変化
表面張力偏移
物理攻撃無効
雷属性
火耐性

試合場の対角線に戻って整列するまでに終わらせた。とりあえず礼。一旦退場、と思ったがそうはいかなかった。ＨＰＭＰを全快にしながら職員さんが語りかけてくる。

「この後、装備の修復を終えたら試合場の中央へ。雛壇に向かって整列して下さい。ああ、兜は脱いで下さいね」

「はい」

革兜は外して脇に抱えるように指示されたので従う。決勝を戦った相手チームも少し遅れて試合場の中央に並んだのだが、先頭にいるファイターには見覚えがあるぞ？

「キースさん、お久し振りですね。またしても負けちゃいました。お見事です」

「えっと。確か」

「シェルヴィです。前回の個人戦、本選の第一回戦で戦いましたね？」

ああ、あの女性ファイターか。つか気付きませんでしたよ？　失礼ですけど体格だけ見たら女性と気が付かないですから！

「これは失礼。気付きませんでした」

「まあ、それは仕方ないですねえ」

「両者、私語はお控え下さい！」

職員さんに怒られてしまいました。


雛壇の中央では大陸から来たお偉いさんが何やら演説をしようとしているのが見えた。確実に分かっている事がある。つまらない話が延々と続いた挙句、聴衆を眠たくさせるだろう。興奮した顔付きなのもいけない。こいつ多分、目立ちたがりだ。

だが演説は始まらない。オレ達の目の前に突如として何者かが出現していた。

何だ？　こいつ等、何処(どこ)から現れた？　顔に仮面を着けた、奇妙な集団。いや、三名は仮面を着けていない。総勢六名いる。

『人間共よ。我等が主(あるじ)の言葉を聞くが良い』

『我等は告げる者達、不遜なる人間共よ、伏して聞くがよい』

『不浄なる者達よ、我等が土地を去るべし』

お偉いさんの前に護衛の兵士達が立ち塞がる。

雛壇にいる師匠達も警戒の構えだ。

改めて闖入者(ちんにゅうしゃ)に視線を向ける。

パンタローネ　？？？
イベントモンスター　魔人　？？？
？？？

パリアッチオ　？？？
イベントモンスター　魔人　？？？

？？？
ザンニ　？？？
イベントモンスター　魔人　？？？

？？？
インナモラート　？？？
イベントモンスター　魔人　？？？

？？？
インナモラータ　？？？
イベントモンスター　魔人　？？？

？？？
コロンビーナ　？？？
イベントモンスター　魔人　？？？

？？？

最初の三名は仮面を着けている。
残り三名には無い。
それにしても大仰な連中だな！

『不遜よね』
『不遜に過ぎる。穢れているが故に』
『お目になさいますな、ご主人様方。不浄故に』
仮面を着けていない三名がそう言い残すと含み笑いをする。嘲りの色が滲み出ていた。

「不遜ついでにいいかしらね？」
雛壇の上から声が魔人達に向けて放たれた。
その声の主はジュナさんだった。

特別章

「まさかの展開だ」

「ブルー、お前さんの後輩は幸運だな」

「そうですね」

　強い。分かってはいたけど、サモナーさんは強い。既にチーム戦としての勝敗は決した。その筈だが今は何故か一対一の構図になっている。

　あいつがこのゲームでも格闘戦スタイルを貫いていたのが幸運だった。何かしら得物を手にしていたら試合展開は全く異なっていただろう。


「装備の差がある分、不利な点もあるな」

「スピードは互角？」

「パワーと体格ではサモナーさんより有利だ」

「それでも不安よね？」

　レッドとお嬢、じゃなくて各務ことピンクの会話を聞きつつ思う。サモナーさんとあのランバージャックとの対戦動画は今もトップページに載っている。あいつの体格はサモナーさんよりも上だが例のランバージャックに比べたら劣る。その点を考慮すると不安しかない。


「構えが、変わった？」

「ムエタイか」

「蹴りで間合いを潰す気かしら？」

「いや、多分だが狙いは別だろう」

　レッドの見解が正しい。蹴りの間合いで腕のリーチ差に対抗する、というのはそう思わせたいだけだろう。懐に入る。その為の布石と見た。

「プロデビュー前の最大の試練だな」

「そうですね」

　あいつは近いうちにプロの世界にデビューが決定している。アマチュアでは負け知らず、しかもほぼ一方的な試合内容で勝利し続けてきた。今までプロになっていなかったのは単に年齢条件を満たしてなかっただけだ。間違いなく逸材。まだ少年の頃、つまらなそうにボクシングをしていたあいつを総合格闘技の世界に誘ったのは私だ。以来、あいつは私の事を先輩とも師匠とも呼んで共に練習に励んできた。そしてプロの世界に足を踏み入れる、そんな段階に来てジムの親父（おやじ）さんから告げられたのは意外な懸念だった。

　あいつは試合で苦戦した経験が無い。

　無論、練習では思い通りの展開にならず苦戦する場面は幾らでもあった。しかし本番の試合とは意味が異なる。負けたら終わり、というプレッシャーはそれだけ大きい。

　私は知っている。プロデビューして連戦連勝、無敵かと思える試合内容で勝ち続けながら、たった一度の敗戦で自信を喪失してプロの世界を去った選手を何人も知っている。

　今のお前に必要なのは絶対的な強さじゃない。困難に直面してもこれに耐え立ち向かう、そういった強さだ。元々そんな強さが備わっているような奴（やつ）も中にはいるが、そういう選手は稀（まれ）なのだ。そしてその強さは実際の試合を通して身に付くものだ。

　私が仕事の関係で一年ほど前に引っ越したのも痛かった。あいつの練習相手を気軽に出来なくなってしまったからな。

　だから私はアナザーリンク・サーガ・オンラインにあいつを誘った。限りなくリアルに近い感覚、そして対戦モードで練習相手になれる。しかもリアルの距離は全く関係ない。実際、あいつも気に入ってくれたらしい。そしてうちのチームメンバーの全員も同様だった。

　各々が総合格闘技のプロではあったが、それ以前にレスリング、ボクシング、柔道、空手、相撲、ムエタイの世界で活躍している。そして各々が得意とするスタイルであいつと対戦を重ねていた。多分、ここ最近の時間はあいつにとってこれ以上ない経験になった筈。

そしてこの大会でまさかのサモナーさんと一対一の状況だ。正直、羨ましい。

「流れが変わったな」

「ムエタイならあたしと散々やったろ！」

各務はそう言うが、かなり違うぞ？

各務の場合、蹴りを主体に立ち技で攻めきるスタイルだ。でもサモナーさんの場合は違う。

蹴り足をそのまま次の軸足にして前に進み、間合いを潰す。同時に上下で攻撃を捌（さば）きつつ打撃を与え、投げを、関節を狙っている。

無論、喰（く）らっているダメージは皆無じゃない。引き替えに反撃の機会を得ているに過ぎない。

「マズいな」

攻防が続いている。序盤、あいつがペースを握ったかに見えたが形勢は既に逆転した。あいつが懐に入られるのを嫌がっているのは明らかだ。

「腕が伸びていない？」

「ああ」

各務も気付いたか。俗に腕が縮んでいるって奴だ。腕を取られるのを恐れてしまい、拳を振り抜けなくなっていた。そう、恐れを感じている。

この大会ではリアルの総合格闘技の試合と違ってセコンドがいない。アドバイスしたくてもここからじゃ届かない。しかもあいつのチーム仲間は全員が脱落、助けなど無い。

「踏み込めてはいるけど？」

「後手に回ってしまってるな」

あいつも実際に試合でここまで苦戦する相手は

初めてだ。だからこそ、意味がある。

「おっ？」

一本背負いで投げられた。続けて片羽絞め。形こそ崩れているが何とか防御しているか？

ここでも不安は的中した。パワーで上回っているのに防御だけで精一杯、ペースを握れないままの展開が続く。

「寝技の展開、悪くはないんだが」

「もっと鍛えないとダメだな」

そう。あいつのこれまでの勝ちパターンは打撃だけで相手を沈めてしまう展開が多かった。無論、投げも寝技も十分な時間を練習に充てている。だが、実際の試合で使う場面は稀だった。せいぜい、フィニッシュでしか見ていない。

寝技の展開が防御一辺倒になった。エスケープも出来ていない。いや、サモナーさんがさせていない。恐らく、このまま終わってしまうだろう。

そして試合終了。

結局、劣勢を覆せずに終わったか。あいつは大丈夫だろうか？

「ブルー、動画は？」

「今、保存した」

「よし、イエロー達と合流するぞ」

「あいつも来るかな？」

「来るだろう。動画を見返して反省会だな」

イエロー達も別角度から観戦、動画も撮っている筈だ。彼等の意見も聞いてみたい。

「すみません先輩、アッサリ負けちゃいました」

心配は杞憂だったか？

意外に明るい顔をしている。

これはゲームだ。だが実際の試合と同様、この大会は負けたら終わりの勝負である。ショックはあるものだと思っていたんだが。


「仲間はいいのか？」

「ええ。解散して各々、自由行動ですから」

「まあ何にせよお疲れ」

頭を撫でてやると恥ずかしそうに笑う。無理しているような様子は見えない。

そして私の仲間達、戦隊チームの荒々しい挨拶が続く。私達のメンバーはリアルでは各々、仕事があり時間が合わずパーティメンバーに欠員が生じる事も多い。その欠員を埋める形でこいつも何度か飛び入りで参加していた。

装備の色は白。私達の仲間内ではホワイトと呼んでいる訳だが、今の装備は異なる。本来のパーティメンバーと組んでいると目立つから恥ずかしい、とは本人の談である。


「なーーんで戦隊装備じゃねーのよ！」

「無理！　無理ですって！」

「あたしも恥ずかしいの我慢してんだぞ！」

「お嬢もなんですか？」

「お嬢って言うな！」

お嬢、いやピンクこと各務とじゃれ合ってやがる。まあ一番年齢が近いからな。まだまだ未熟、という意味で共通点もある。


「少し真面目な話だ。どうだった？」

「想像以上でした」

「ほう」

「総合格闘技のルール内に収まっちゃいました」

「しかもアマのルールでな」

「完敗です」

そう。レッドの指摘する通りだ。

例のランバージャックとの対戦でサモナーさん

が見せた技の数々。その中には反則としか言い様がないものが含まれていた。無論、この大会では反則ではないのだが。

「お前さんの力量は本物だ」

「はい」

「プロに上がってトップクラスにまで駆け上がるのも間違いない。だが、相手はプロだ。すぐに研究され尽くし、対策もされ、早い段階からお前さんを追い詰めるようになる。必ずそうなる。分かるな？」

「……そうですね」

「サモナーさんにとって恐らくお前さんは初見の相手で研究もしていなかった。だから序盤、ペースを握れた。そこで押し切れなかったのは何故か分かるか？」

「……分かりません」

「相手が場数を踏んでいるからだ。だからお前さんが次にどう動くかも読める。しかもあの動き、考えてやれる事じゃないだろうな。それは多かれ少なかれ、プロ選手の全てにも言える」

　私の指摘を聞く姿勢はいつも以上に真剣だった。恐らくは連戦連勝で溜まっていた驕りなど吹き飛んでいるだろう。

「途中、腕が縮んでたが挽回したな。あれは良かった。それに気が付いたか？」

「何にでしょう？」

「サモナーさんも無傷でお前さんの攻撃を捌けていた訳じゃないぞ？　反撃の機会を得る、その為にギリギリの所まで踏み込んでいた」

「……そうなんですか？」

「対戦中は距離が近いからな。分かり難いだろうから動画で見返すんだ。別角度もある」

「……見ます！」

　こいつをこのゲームに誘って本当に良かった。

今日の対戦はいい勉強になるだろう。


「ここだ。分かるか？」

「膝で押して、ロックを外されてたんですね」

「分からなかったか？」

「……すみません」

「超接近戦だったからな。分からないものさ」

「寝技対応は力任せな場面が多いぞ」

「その前に、立ち技！」

「「そこに戻るのかよ！」」


各々が色々と言いたい事を言ってるものだから反省会は中々進まない。まあ各々が好意があっての事だから文句も言えないんだよな。


「お前！　打撃が得意なのに何で前に出ない！」

「いや、使ってましたけど」

「ムエタイスタイルの前で足が止まってたじゃないの！　蹴りが怖かったは通じないよ！」

「……はい」


これはキツいダメ出しだな。実際、各務が指摘する通りなのだ。前に出るなら蹴りが飛んでくるのを覚悟の上で飛び込むべきだし、アウトボクシングで勝負するなら左右に回り込むべきだった。そうでなければ足を止めて蹴り合うかだ。中途半端だから相手にペースを握られてしまう。


「打撃の応酬だけなら有利だったろうに！」

「……いや、ホントすみません」

「蹴りも有効に使えてない！」


但し各務に任せてばかりだとムエタイ講座になりかねない。実際、総合格闘技の試合でもこのゲームでもムエタイスタイルを貫く猛者（もさ）だ。投げや関節技に関しては防御とエスケープに徹している。それでいてプロの試合では勝ち越しているのだから文句も言い難（にく）い。

「で、どうする？」

「……先輩」

「プロデビューまで時間に余裕はない。当面、私達を相手に対戦を続けるか？」

「そうだな、オレ達も少し本気を出そうか？」

「……レッド？」

「ホワイト相手に俺達で総掛かりだ」

「それ、イジメって言いません？」

「そこはシゴキと言え」

「それも酷い！」

口では言い返しているがやる気がありそうだ。


「……先輩」

「お前次第だ。プロデビューしたら対戦の機会なんてそう簡単に作れないからな」

「ですよね」

「言っておくけどな、お前は恵まれてるんだぞ！」

寂しくはあるがプロになってしまえばこれまでのようにゲームにログイン出来なくなるだろう。そして各務が言うように恵まれてもいる。こいつの階級は選手層が厚いからだ。

各務も現役のプロではあるが、選手層が薄くて年間を通して試合数はそう多くない。階級が上の女子選手はどのプロ格闘スポーツでも数が少ないのだ。そういう意味で、こいつは恵まれている。

「いいんですか？」

「遠慮するな。その為にお前を誘ったんだから」

やる気があるのはいい事だ。

まだ闘技大会は続いているが私達の出番はまだ先だ。早速、やるか？


そして翌日。ログインして以降は対戦三昧だ。

闘技大会はまだ続いている。戦隊チームは予選決勝で惜しくも負けたので時間はある。今日は本選なのだし観戦したい、という思いは勿論あるのだが今は対戦を優先だ。場所は町の一角、様々な資材を集積しておく区画だが今は何も無い。好都合だった。


「次、ピンク！」

「応ッ！」

　これで対戦は四戦目か。ある意味でハンデ戦、私達が次々と相手をする掛かり稽古の形だ。受けているホワイトの方はかなり消耗しているが気息奄々とまでは行かない。もう少し追い込む必要がありそうだ。


「この次、先にいいッスか？」

「ブルー、分かっているな？」

「勿論」

　私達戦隊チームは各々、得意とする格闘スタイルがある。総合格闘技のプロとなる前にやっていた格闘スポーツ競技、私の場合はボクシング。ホワイトと同じだ。但しそのスタイルはかなり異なる。あいつはアウトボクサーだが私はインファイター。体格的にはリアルでもここでも同等だから条件はフェアではある。


「お？　テイクダウン！」

「そこ、妥協すんな！」

「まだ極まってないぞ！　動け！」

　イエロー達が声を掛けている。この対戦はセコンドとして助言をするのもアリだ。しかしこの展開、お嬢、いや、各務が寝技を仕掛けた？

「そこ、腕のロックを切れ！」

「足を使え！」

　各務が腕のロックを外して腕十字、と見せかけて腕絡みの形から体を回転、首に脚を絡めていた。

三角絞め。見事、というかお前さん、関節技が上手くなったもんだな！


「……大丈夫か？」

「……行けます！」

各務相手に寝技の展開、結構長い時間の攻防（と言うか一方的に攻められた）の挙げ句にタップしたからか、かなり苦しそうだ。

だがこれも試練。私も遠慮はしない。

「始めッ！」

レッドの合図と共にダッシュ。

早速ジャブが飛んでくる。

「！」

「シッ！」

パーリングでジャブを叩く。

ハンドスピードは相変わらず速い。

疲労があってこれか。

だが足が止まってるぞ！

軽く蹴りを放つとタックル。

と、見せかけてアッパーカット。

スカされてるがそこまでは予想通り。

ボディが来るのをエルボーブロック。

こっちが放ったフックは直撃ならず。

肩を押されて距離を取られていた。

「……先輩、速いッスね」

「まあな」

構えを変える。

前傾姿勢のクラウチング・スタイル。

再びダッシュ。

今度はジャブの連打に続いて右ストレートか。

そして左フックのコンビネーション。

ブロックはしている。

威力は？　まあまあ、だな。

だが来ると分かっているなら耐えられる。


左フックに合わせてボディーに一発。

続けてショートアッパー。

ブロックされてる感触。

だが互いにそこで止まらない。

超近距離で拳の応酬、ボクシングそのものの展開だが、リズムを変えた。右足を一気に前へ。足を払う。崩しも何もないがこれは牽制。

左足を引き寄せつつ右腕を抱えて跳んだ。

飛びつき十字固め。

半ば強引に寝技の展開に持ち込んだ。疲労が蓄積している上にこちらの方が若干だがパワーで有利だ。体力を削らせて貰うぞ？


「！」


「攻めが単調だぞ」

連戦の疲れが判断を鈍らせていただろう？

隙だらけになっていたぞ！

腕を捻ると同時にホワイトはタップした。


「じゃあ次は私だな」

「ちょっ！」

レッドがもう準備万端の態で待ち構えていた。

まあ、アレだ。試練だ試練！


レッド相手の対戦はフィジカルで押し潰され終了した。レッドの体格はイエローと並んで私達の中では一番だ。しかも時間を目一杯使っている。今は疲労困憊の極みだろう。まともな対戦になりそうもなくなったから休憩になった。

「しんどいか？」

「ええ、勿論」

「全部、お前が負けたが動きは悪くない。自信を持ってる攻撃パターンがあるのがお前の強みだ」

「同時にそれに居着くのは危険だけどな」

「今の分も動画に撮ってあるぞ。見るか？」

「見ます！」

今日も今日とて反省会だ。悪い事じゃない。


対戦を見直して分かった。

僕はまだ、井の中の蛙だ。先輩達との対戦でも明確になった数々の課題。そのどれもがリアルでは感じ取れなかった事だらけだった。昨日まで先輩達と対戦はしていたけど実力的には互角だと勘違いしていた。あれは単なる練習の延長線上のもの。今日は違った。

そもそも先輩達はピンクこと各務さん以外はリアルでは総合格闘技の元プロ、年齢による衰えもあるだろうし古い怪我も抱えたままだ。リアルの世界ではもうベストコンディションとは言えない。でもこのゲーム内では違う。現役時代そのものの強さを発揮して当然。いや、これまで蓄積してきた実戦経験を加えるならば、現役時代より強いのも当然だった。


「誰もが各々の強みを持っている。それは分かるな？　同時に穴もある」

「はい！」

「そして私達はお前の戦い方を知っている。だからお前は攻略された」

「完敗ッス」

「だがそれはお前さんも同様だ。では何が違っていたと思う？」

「……分かりません」

「場数が違うからだ」

そう、僕はまだ若い。経験を積むのはこれから、そして対戦相手の殆ど(ほとんど)が経験では上だ。

「自分の強みを活(い)かす。弱みをカバーする。相手の強みを消す。弱みを衝(つ)く。その繰り返しだ。地道に積み上げるしかないぞ」

「ハイッ！」

先輩の言葉が身に染みた。そして反省会は続く。対戦動画を見返し先輩方の解説を聞きつつ、自分の動きをイメージし続けた。


「……先輩、質問いいッスか？」

「何だ？」

「サモナーさんって何者なんです？」

その場にいた全員の動きが止まる。

それ、聞いちゃうか？

「……分からん」


「あらゆる格闘スポーツ選手を見渡しても思い当たる選手はいない。現役にも、既に引退した選手にもだ」

レッドの言葉には重みがある。研究熱心な点においてこの人の右に出る者など私には思い付かない。総合格闘技だけでなくレスリングにボクシング、空手、キック、ムエタイ、サンボ、柔術、その他にも多岐に亘(わた)る人脈があるのだ。皆の意見も同様だろう。

「残るは格闘技を生業(なりわい)とする職業……警察、もしくは軍人って所だな」

「そしてあの戦い振り、相当な場数を踏んでいる」

「金剛力士との戦いは見たか？　尋常じゃない」

「リアルを詮索するのはマナー違反だがね。アレは気にするなって方が無理だ」

ここにいる誰もが疑問に思い、自分ならどう戦うかを一度は考えている。あれを攻略？　正直、底が見えない。

「ま、あたしなら蹴りまくるだけだね」

「「「お前はな！」」」

各務ならそうなる。全く、羨ましい奴め。

「お前ならどうする？」

「僕じゃ例のランバージャックや金剛力士みたいに戦えませんから。正攻法、足を使って距離を置いてアウトボクシングですね」

「出来てなかったけどな」

「初見じゃ無理ッス！」

誰にだって初見の相手はいる。それでいて即応で対策をしてくる、キースことサモナーさんが尋常じゃない相手なのが分かろうというものだ。

そして確信もある。あの戦い振り、その先にもう一段階ある。それは反則技をも躊躇無く使うであろう世界だ。スポーツ格闘技を志す選手であれば忌避するであろう世界。リアルで仮に存在するとしたら、それは軍人以外ではいてはならない。

私も、ここにいる全員も知らない世界だ。勿論、ここはゲーム世界でそんな禁忌は皆無だが、それでも不安だった。

最近、リアルとゲームの世界、その境界線が曖昧に感じられる。そして何故か異様な魅惑にも満ちていた。これはもう仕方ない。人間は知らない世界を知りたがる、そういう生き物だ。

「休憩、終わり！」

「じゃあ次からは呪文の強化もしてみるか？」

「ま、お前はハンデとして無しの方がいいな」

「先輩、やっぱりイジメですって！」

お前はやっぱり優しい奴だな。多分、ここにいる全員に聞きたい筈だろう。

サモナーさんに勝てますか？　と。

残念だがその答えは私達の中には無かった。

特別章 その2

「どうしました？」

　案内役のギルド職員の言葉が空虚に響く。

　その光景を前にして思考が停止していた。

　多分、俺以外のメンバーも同様だろう。

　冗談じゃない！　闘技大会の予選、俺達の次の対戦相手が遠目に見えていた。その姿はサモナーさん。間違いなく、あのサモナーさん。全員がその場で無言を貫いていた、次の瞬間。一斉にその場で踵を返した。

「ちょっと！　試合ですよ！」

　答えはしない。足早にこの場を去る。

　言葉など無い。この場から消えたかった。

　仲間同士の顔も見ない。思いは一緒だ。

　かつて俺達はサモナーさんに返り討ちにされていた。特に俺の場合、半ばトラウマとなっている。

　尋問という名の、拷問。

　あの戦闘で早々に死に戻った仲間はまだマシだ。最後に残った俺を淡々と痛めつける、その様子は今も鮮明に思い出せる。無論、ＰＫ行為を仕掛けなければ良かっただけの話ではあるのだが。

「サモナーさんじゃねえか！」

「冗談じゃねえ！」

「闘技大会、出るんじゃなかった！」

「お前、リスクは承知だった筈だろ？」

「焦った。本気で焦った。こええよ！」

　会場を出て路地の一角に逃げ込んで一斉に仲間が喚くのを俺は無言で聞いていた。言葉が出ない。出せないほどに震えてしまっていた。

　体は覚えている。痛覚設定をゼロにした筈なのに強制的に与えられた、あの痛み。一時期このゲームを引退する事を真面目に考えたほどの、あの痛み。そして心にも刻まれた、あの痛み。

　悪事を働く。ＰＫ行為では当たり前の行為。その裏側で感じていた背徳感と爽快感。罪悪をも是とする事と引き替えに悪人としてゲーム内でプレイヤーの足を引っ張る、その快感。ある意味で俺はその感覚に溺れ、麻痺していったのだ。

　リアルの世界では体験出来ない事が可能。

　ここでなら犯罪にならない。

　ずっとそう思って、ゲームに没頭してきたけど最近ではその思いが薄れつつある。

　襲われた側も当然だが一方的にやられるだけじゃない。反撃して来るからＰＫ職が返り討ちに遭うケースだってある。最近はＰＫ職専用掲示板でも返り討ち事例の報告が多くなっていた。そしてＰＫ職に対抗するかのように現れたＰＫＫ職のプレイヤー達に狩られる事例もまた増えている。

　そして俺達にとって初の返り討ち、その相手がサモナーさんだった。勿論「あの」サモナーさんだと分かっていて襲った。得るものが大きい、そう思って襲った。事前に罠を張り「舞台を整えた」上で襲ったのだ。その結果がアレだ。

　少なくとも俺にはそれまでの世界がまるで違って見えるようになった。そう感じるような強烈な体験だったのだ。

「移動するぞ」

「ああ。それにしても棄権かー」

「まあアレは仕方ないさ」

「おい、大丈夫か？　顔色が悪いぞ？」

　無言のままの俺に仲間が声を掛けるが、まだ言葉が出ない。体の芯が冷え切っているような気がする。逃げるだけで精一杯だ。

「場所はいつもの酒場にしよう」

「ああ」

全員が同意した。俺も無言のまま、首を縦に何度も振って同意していた。


いつも通っている酒場の客は俺達だけだった。店員は店番が一名だけ。闘技大会に観客が殺到している影響だろう。

「念の為、変装し直した方がいいんじゃ？」

「あの場所で看破されたとは思えないが」

「サモナーさん、まだ試合があるんだろ？　要らないと思うよ」

「それもそうか」

椅子に腰を下ろしても尚、体の感覚がおかしかった。歯の根が合わない。仲間が料理を頼みに行くのを横目で見つつ、仮想ウィンドウでステータスを確認した。


異常なし。

ふざけるな、と思った。

今の俺に起きている状態異常は恐慌と言うべき代物だ。間違いなくそうだ。

「本選に出たらもしかして、とか思ってたんだけどな。予選で当たるとは運が無い」

「運営の嫌がらせかもよ？」

「ありえる」

運が悪かった。

確かにそう思わずにはいられない。

ＰＫ職で闘技大会に出場しているチームはそう珍しくない。ただＰＫ行為に有利になるようなスキル構成にしているプレイヤーだらけで今回の大会ルールだと不利なのは自明であった。それ故に勝ち残っているパーティはそう多くない。


「助かった」

どうにか腹の底から声を絞り出すように声が出た。俺の偽らざる本音だった。


「ずっと震えてたよな？　大丈夫か？」

「どうにか」

「無理すんな。先に落ちてもいいんだぜ？」

「もう少し付き合う。やれる事なんて無いけど」

「確かに。暇になっちまったな」

　闘技大会を行っている会場に足を向ける勇気はもう皆無、それでいて俺達に出来る事はそう多くなかった。何しろ大会期間中はＰＫ行為は禁止されている。やろうと思えば可能だろうけど、このレムトの町を牛耳っている盗賊ギルドのＮＰＣに目を付けられるのは必定であった。

　同時に普段は俺達のようなＰＫ職を狙っているＰＫ職の面々もその活動を手控えているらしい。こうなると町の外に出て魔物でも狩っている方がいいのだろうが、最早このレムトの町の周辺で魔物を狩ってみても経験値はそんなに稼げない。他の町や村に移動してみてもプレイヤーは多くないのは分かりきっている。半ば手詰まりだ。


「解散、するか」

「まあまあ。飯を食ってからでもいいだろ？」

　仲間が料理を運んできていた。俺達は腹を満たしつつ、恐怖を忘れる事にした。


　酒場を後にして一人、町中をブラブラと彷徨った。目的も無く、ただブラブラとだ。仲間達のようにログアウトしなかったのに理由なんて無い。

いや、思い出していた。あの時の恐怖を。

　拷問を淡々と行う、サモナーさんの姿を。

　ログアウトしてもあの時の感覚が現実にまで追い掛けてくるような気がしていた。

　あのキースというプレイヤーが異様なのは周知

ではある。ただ、実際にその異様さを身に染みて感じ取っている者は少ない。そして俺はその最たる者であるのだと思う。

淡々と、そう、淡々と拷問をしてのけた。

俺を回復までさせて拷問を続行した。

あの時の表情は能面のようだった。どこか面白くなさそうな雰囲気もあった。それは作業のように進められた。俺は俎上の鯉のように、ただ受け入れるしかなかった。まだ笑ってくれていた方がマシだっただろう。いや、それはそれで怖いけれども。

現実の世界で彼がどのような日々を送っているのだろうか、と思う。正直、尋常な人物とは思えなかった。魔物を相手に切り刻むのと訳が違う。

思いに耽ったまま、薄暗い路地を進むうちに気付いた。周囲から音が消えた？

路地の奥から何かが転がってきた。人だ。マーカーは黄色、ＮＰＣか。手に短剣を持っている。倒れ込みながら短剣をどこかに投げた次の瞬間、その胸から血が吹き出ていた。何だ？

「……！」

声が出なかった。

おかしい。全てがおかしかった。俺自身が発する音も全て消えていた。呼吸音も、足音も聞こえない。周囲から聞こえるざわめきも、何一つ聞こえてこない。これは、何だ？

『無様ね』

『無様に過ぎる』

『これで盗賊共の元締めとは』

『我等の邪魔をするとは、愚かな』

目の前で死体が燃え上がり、塵と消えた。

何か尋常じゃない事が起きている。

それだけが分かった。

イベントモンスター　魔人　？？？
インナモラート　？？？
？？？

イベントモンスター　魔人　？？？
インナモラータ　？？？
？？？

イベントモンスター　魔人　？？？
コロンビーナ　？？？
？？？

路地の奥から現れたのは三人。

手と手を繋ぎ合った男女のペア。

そして着飾った女。

マーカーから読み取れた情報をスクリーンショットで保存したのはたまたまだ。普段からそうしているから出来ただけだ。

イベントモンスター？

一体、何が起きている？


『まだゴミが残っているようね』

『ゴミは取り除かねば』

男女が言うゴミとは何だ？

決まっている、この俺だ！


「……！」

体は動いてくれた。

腰のポシェットから煙幕玉を取り出した。

地面に落として発動。

踵を返して全力疾走。

もう一つ、煙幕玉を地面に転がしておく。

仮想ウィンドウを開き、呪文リストを出す。

この場所から逃げねば！

でもどこへ？　ここはレムトの町、エリアポータルで基本的に安全地帯である筈なのに！

いや、もっと手っ取り早い選択があった。

ログアウト！

だけど、出来ない。強制でもダメだ。

何でだ？


歌が聞こえていた。

男女のデュオ、怪しくも美しい調べ。

息は出来る。なのにその呼吸音は俺の耳に届かない。あいつらの歌は聞こえるのに！


「……！」

呪文を選択して実行。【無音詠唱】のスキルがあるから声が出なくても発動する、よな？　残念だが【高速詠唱】のスキルはまだ取れていない。

まだか。

まだなのか？


短い筈なのに長く感じる時間が経過して、ストーン・ウォールが発現。これを足場にして近場の建物の屋上に移動した。

『逃げられるかな？』

『逃がさないわよ？』

歌が中断したかと思えばそんな声が大音量で俺の耳に届く。まるでホラーだ。あいつらは一体、どこにいるんだ？　【気配察知】のスキルはセットしてある筈なのに何も感じ取れない。

クソがッ！

そう大声で罵るが声にならなかった。


「？」

目の前に浮かぶのはあの女だ。

確かパンタローネ。

魔人、だったか？

この町で一体何を始める気なのか、聞きたい所だが声は出ない。手詰まりだった。

『どんな死に様がいい？』

知るかよ！

声に出ないけどそう叫んだ。

そして思う、あのサモナーさんみたいに拷問だけはしないで欲しい、と。


『諦めたら？』

『諦めろ』

あの男女が俺の後ろにいた。息が届きそうな距離にいた。どうやって、とは最早思わなかった。

こいつら、尋常な相手じゃない。

多分、イベントなんだろうけどさ。

こんな形で死に戻るのは本来願い下げだ。

『燃え尽きるがいい』

目の前の女がそう呟いた直後、俺は業火に包まれていた。でもどこか俺には余裕があった。

何故か？

とっさに痛覚設定をゼロにしたからだ。自らが焼け死ぬ感覚を感じずにいられるなんて幸運だと思った。サモナーさんに返り討ちに遭った時に比べたら楽なものだろう。


「……ふう」

死に戻るのは初めてじゃない。ただ、死に戻りに慣れてしまうのはどうかと思う。

ＰＫ専用掲示板に警告を書き込み終えて椅子に座り直すと深呼吸、どうにか気分が落ち着いた。

あれってイベントなんだよな？

今すぐログインしても死に戻りのペナルティがある。ただどのような形であるにせよ、イベントに参加出来ない、というのは納得し難い。運営に苦情でも入れようか？

《お知らせ》

簡易型ギヤを外そうとしたら運営からメールが来ていた。視線で操作して開けてみる。

《先程の死に戻りについて、イベント開始時の突発事例として処理致しました。ペナルティ無しで再度ログインが可能となります》

……は？　突発事例？

少し落ち着こう。

多分だがこれはイベントの事情によるものである、というのは分かる。ただＮＰＣの間にも何かしらの事情があり、今回のような出来事があるというのも分かる。ただそれに俺のようなプレイヤーをも巻き込んだ、その理由が分からない。

ただ、分かっている事もある。イベントだ、イベント！　それはある意味でお祭りであり、経験値をはじめ様々な恩恵が期待出来る機会でもある。見逃す手は無い。

早速、仲間に連絡を入れよう。そうそう、ＰＫ職専用掲示板にも書き込んでおこう。全てのプレイヤーがログイン出来る訳じゃないが、出来るだけ大勢が参加した方が面白いに決まっている。

確かに、俺はＰＫ職だ。それ以前にゲームに参加しているただのプレイヤーだ。そしてイベントが始まっている事を既に知っているアドバンテージがあるならそれを最大限活かす、そう考えるのも自然なのだ。

アナザーリンク・サーガ・オンラインか。

運営の姿勢には少々思う所もあるけど中々楽しませてくれる。ただもう少し、そう、もう少し手加減して欲しい。特にサモナーさん、アレに関してはどうにかならないものか？

それだけ酷い目に俺は遭っている。いや、酷い事も多数しているけど。だって仕方ないじゃないか。ゲームを徹底的に楽しむ。その一点こそがプレイヤーの業と言える事なのだから！

あとがき

お久しぶりです。初めてこの本を手にする方々は初めまして！　本作の作者のロッドと申します。本巻で九冊目、ウン年前当時、実に楽しく書いていた記憶があります。主人公のキースが勝手に動いてくれるのが不思議に思えたものです…それは今もそうではありますが。

さて、本作でもチーム対抗戦の闘技大会が進行するのと同時に別のイベントらしき何かが始まります。運営の意図は何か、色々と想像してみて下さい。本作の主人公はこういった事に対してはポンコツですので気にしてません。今後、この辺りは特別章等で補足出来たらいいなあ、なんて思っております。

主人公以外にも少々アクの強いキャラが同時並行して動いています…これもＶＲＭＭＯらしく表現するのに苦労したのも今やいい思い出です。掲示板はその一助となっていました。こちらも是非、想像を膨らませて楽しんで頂ければ、と思います。

昨今は日本のみならず世界の動きにも目が離せない状況です。世知辛い世の中ではございますが、皆様におかれましては今後とも拙作、サモナーさんが行くを何卒宜しくお願いしたく存じます。

作品のご感想、
ファンレターを
お待ちしています

あて先

〒141-0031　東京都品川区西五反田 8-1-5 五反田光和ビル4階
ライトノベル編集部
「ロッド」先生係／「鍋島テツヒロ」先生係

スマホ、PCからWEBアンケートにご協力ください

アンケートにご協力いただいた方には、下記スペシャルコンテンツをプレゼントします。
★本書イラストの「無料壁紙」　★毎月10名様に抽選で「図書カード（1000円分）」

公式HPもしくは左記の二次元バーコードまたはURLよりアクセスしてください。
▶ **https://over-lap.co.jp/824006653**
※スマートフォンとPCからのアクセスにのみ対応しております。
※サイトへのアクセスや登録時に発生する通信費等はご負担ください。

オーバーラップノベルス公式HP ▶ **https://over-lap.co.jp/lnv/**

サモナーさんが行く Ⅷ

発行　2023年11月25日　初版第一刷発行

著者　ロッド

イラスト　鍋島テツヒロ

発行者　永田勝治

発行所　株式会社オーバーラップ
〒141-0031
東京都品川区西五反田8-1-5

校正・DTP　株式会社鷗来堂

印刷・製本　大日本印刷株式会社

Printed in Japan
ISBN 978-4-8240-0665-3 C0093

【オーバーラップ　カスタマーサポート】
電話　03-6219-0850
受付時間　10時～18時(土日祝日をのぞく)

OVERLAP NOVELS

コミックガルドにてコミカライズ！

ダンジョンバスターズ

Dungeon Busters

I am Just Middle-Aged Man,But I Save the World Because of Appeared the Dungeon in My Home Garden.

中年男ですが庭にダンジョンが出現したので世界を救います

篠崎冬馬

Illustration 千里GAN

全666のダンジョンを駆逐せよ！
できなければ——世界滅亡。

庭に出現した地下空間に入ったことで、世界滅亡を招く「ダンジョン・システム」を起動してしまった経営コンサルタントの江副和彦。ダンジョン群発現象に各国が混乱する中、江副は滅亡を食い止めるため「株式会社ダンジョン・バスターズ」を設立し……!?

OVERLAP NOVELS
異世界でスロ～ライフを願望
いせかいで すろーらいふを (がんぼう)
I have a slow living in different world (I wish)
シゲ[Shige]
イラスト:オウカ[Ouka]
スローライフのカギは、美少女奴隷と『お小遣い』!?
固有スキル
シリーズ絶賛発売中!

OVERLAP NOVELS
泉里侑希
ill.タムラヨウ
死ぬ運命にある悪役令嬢の兄に転生したので、妹を育てて未来を変えたいと思います
～世界最強はオレだけど、世界最強カワは妹に違いない～
「やはり、お兄さまは最強です！」
コミックガルドにて
コミカライズ！

豚貴族は未来を切り開くようです
~二十年後の自分からの手紙で
完全に人生が詰むと知ったので、
必死にあがいてみようと思います~
しんこせい
イラスト riritto
未来からの手紙と
最強の時空魔法で
運命を切り開け!!
[小説家になろう]
四半期
総合1位
(2022.9.6時点)
己の立場を笠に着て生きてきた公爵令息・ヘルベルト。ある日、周囲から
豚貴族と馬鹿にされる彼の前に、謎の手紙が出現!
その手紙は二十年後の自分から送られてきたもので、自身の悲惨な未来が綴られていた!
ヘルベルトは悔い改め、手紙のアドバイスを元に未来を変え運命を切り開いていく!
OVERLAP NOVELS